U0902666

灯光球场

DENGGUANG QIUCHANG

林东林 / 著

武汉出版社
Wuhan
Publishing House

（鄂）新登字 08 号

图书在版编目（CIP）数据

灯光球场 / 林东林著 . — 武汉：武汉出版社，2022.10
ISBN 978-7-5582-5420-8

Ⅰ . ①灯… Ⅱ . ①林… Ⅲ . ①短篇小说 - 小说集 - 中国 - 当代 Ⅳ . ① I247.7

中国版本图书馆 CIP 数据核字（2022）第 146094 号

著　　者：林东林
责任编辑：杨建文
装帧设计：马　波
出　　版：武汉出版社
社　　址：武汉市江岸区兴业路 136 号　　邮　　编：430014
电　　话：（027）85606403　　85600625
http://www.whcbs.com　　E-mail:whcbszbs@163.com
印　　刷：湖北新华印务有限公司　　经　　销：新华书店
开　　本：880 mm×1230 mm　　1/32
印　　张：8　　字　　数：140 千字
版　　次：2022 年 10 月第 1 版　　2022 年 10 月第 1 次印刷
定　　价：48.00 元

关注阅读武汉
共享武汉阅读

目　录

灯光球场

回来之后，我在家里把自己关了整整一个月，哪里都不想去，也什么人都不想见。而事实上也正是这样的，在这里，你并没有什么想去的地方，也并没有什么想见的人。原因很简单，在这里，有什么地方你没去过？有什么人你没见过？

话虽这么说，但是一出门，你还是想找最熟悉的人，还是想去最熟悉的地方。下午，我约了路远晚饭之后到我们以前经常去的那家露天台球室打桌球，让他把马乐也叫上。

现在已经过了八点，不过天空依然还很明亮。夕阳早就沉下去了，青白色的光线还弥留在空气中，让盘旋在我们头顶上的那些成群结队的细小飞虫无处遁形。那是一群群纠缠不休的飞虫，一挥手它们就四散而去，但一停手它们就又相聚而来——就像过去的那些日子。从这里，我现在靠着的这根廊柱的位置，一抬眼就能望见蚂蝗江宽阔而平缓的江面。江面上灰白一片，只有一条铁皮船正在逆水而行，一个男的扶着挂桨机站在船尾，一个女的站在船头，船头不断把水面往两边分开去。

这是一间露天台球室，十几张破烂不堪的案子两两相对地摆在空地上。每张案子上方都悬吊着一盏节能灯——不过，眼下只有我们和旁边的那几盏亮着。七八个比我们小得多的小年轻正围在那边，啪啪声和笑闹声时不时从他们那儿传过来。

台球室的老板还是以前那个，我见过他很多次，但是只知道他姓唐。早些年他在街上开过一家录像厅，那时候他还拥有一头茂密的黑发，不过现在已经被花白的卷毛所取代了。他歪靠在一台只剩下三条腿——另一条腿是几块摞起来的砖头——的沙发上，一边抽烟一边看电视；他的女人正在厨房里涮洗着；他们的女儿正趴在厅堂里的桌子上写作业，一动不动的，头顶的那盏灯泡好像把她定在了那儿。

旁边的灯光球场里，时不时会传过来一阵阵呐喊声和吹哨声，那里正在进行着一场足球比赛。我注意到看台的两侧各挂着一条红色横幅，参赛的两边都是跟我们年龄差不多的年轻人，一方红队，一方蓝队——起码他们球衣的颜色是这样的。

很久没见到过这一幕了。早些年，我们的——可能也有他们的——父亲在那里活跃过很长一阵子。地质队和基建科，劳资组和调度室，供销科和机关室，每个周末都会在那儿打友谊赛。我和路远经常在看台上为他们摇旗呐喊，他爸和我爸分属两个队，我们一度争得面红耳赤，但是一转眼又好了，一起到灯光球场下面那个防空洞洞口吹冷气……再后来，防空洞里搞了个服装批发市场，还有一家儿童游乐场和一家投币游戏厅，我和路远经常会躲在那里昏天黑地地打游戏，拳皇，雷电，三国战记，恐龙快打，炸弹超人，格斗四人组……那个时候马乐还在襁褓之中。

那是我们623矿的球场，四百米的跑道，两千座的扇形看台，颇具规模。但是到我们高中毕业的时候，球场四周的灯泡已经一盏接一盏坏掉了，只剩下坑坑洼洼的水泥座椅和腐烂失色的塑胶跑道——被大风刮过来的草籽开始在一道道缝隙中生根发芽。再后来，矿藏枯竭，效益年年下滑，623矿就迁到临县一个新开发出来的矿点去了,灯光球场于是就移交给了地方。一同移交的还有机关大院、集体宿舍、子弟学校、职工医院、工人俱乐部……除了那些退休人员,以及我们这帮矿上的子弟。

路远拿起巧克粉擦了擦杆头，然后瞄准6号球——这时候我才意识到，打完这个球他就要打“黑八”了！本来，他是落后我两个球的，但是球权轮到他手上之后，场上的局势就发生了根本性的变化。刚才，就在我出神的那一小会儿，他已经清光了停在袋口附近的三个花色球。这样一来，倒变成了我还落后他一个球。我看见他停下来，左左右右地转换了几个角度，瞄了又瞄，瞄了又瞄。但我料定他打不进。

紧张了？他贼笑着望了我一眼说。不至于！我说。还嘴硬！一见到马乐我就知道你丫紧张了，他朝他努了努嘴。他有什么好让我紧张的？我说。他当然不会了，他姐会！路远说。还打不打了？我说。打！打！他把身子俯下去，瞄准了6号球。

马乐没有听到我们在说什么，他不关心这个，或者也根本听不懂。此刻，他正陷坐在一把蓝色塑料椅子里，因为肥胖，他的整个身子就像卡在了里面一样。他捏着一个望远镜，不时将之对准我，对准路远，对准台球室老板正在写作业的女儿，或者灯光球场里那些呐喊跑动的人。那是一个德国 STEINER 牌的单筒望远镜，无须调焦，八倍放大，即使晚上也不影响成像效果。它是我在北京三元桥附近的一个地摊上淘来的，晚上见到马乐时我把它送给了他，他就当个宝贝似的一直摆弄个不停。

他今年十七岁了，但是智商还不到七岁。七岁那年他得过一场脑膜炎，然后智商就永远停留在了那一年——不知道是否跟这个有关，接下来他的身体倒是一天比一天胖起来，见过企鹅怎么走路你就知道他是怎么走路的了。那时候，马乐的愿望是拥有一个望远镜，一个能看到远处的望远镜，因为他的同龄人里几乎没人愿意跟他一起玩，他只能在阳台上望着他们玩。弗洛伊德说过，满足了童年的愿望就是幸福！现在，马乐的这个童年愿望被我满足了，但我不知道他会不会因此而幸福。

老板，摆球！出乎我意料的是，路远奇迹般地打进了6号球，接着又打进了“黑八”，他挥舞着杆子冲老板那边喊道。老板起身，拿上三角框向我们走过来。现在他老婆洗涮完了，坐在他旁边的那个小马扎上一边嗑瓜子一边看电视，一片瓜子皮呈扇形般散落在她面前的水泥地面上。屏幕里正播报一条国际新闻：塔利班挟持了二十三名韩国籍传教士作为人质，要求韩国军队撤出阿富汗，同时要求阿富汗政府释放被逮捕的塔利班民兵，为迫使韩国就范，塔利班已经处死了两名韩国男性人质。

谁输了？谁输了？马乐收起望远镜，扭头望着我们。那还用说？路远用杆子指了指我说，赵松现在完全不行了，根本不是我对手，分分钟灭了他！那轮到我了，马乐从椅子里挣扎着坐起来说，看我怎么灭了你！他颤巍巍地走过来，边走边朝我晃动手臂，让我把杆子给他。我指了指挂在他胸前的望远镜说，我给你拿着。

行啊马乐，路远说，口气不小，还灭了我，灭了我就天天请你宵夜，管够！谁输了谁请宵夜是我们一直以来的规矩。当然了，这仅仅是我和路远之间的规矩，马乐不算，他只不过跟着凑个数而已——但他并不明白这一点，总想上场挥几杆。

等老板摆好球后，马乐走到案子前，俯身下去，瞄准，击球，随着清脆的“啪”的一声——那堆球就炸开了。不过因为力度太小，十五个球连一个也没有滚到袋子里去，也一个都没有贴到库边。按照我们一直以来的规则，路远可以多打一杆自由球，不过他并没这么做——换我也不会这么做，这也是我们一直以来的规则，对马乐的规则。马乐挪到一边，看着路远打进了纯色 4 号球，又打进了纯色 7 号球……

不忍心看着马乐被虐，我拿起望远镜走向他刚才坐的那把蓝色塑料椅子。坐下去的时候，我才感觉到靠背和椅面上有一层湿湿黏黏的，那应该是他的汗水——他那么胖，而天气又那么热。不过我并没有起身换到另一把椅子上去，或者找张纸巾把他汗湿的地方擦干净。我怕他多想，在这方面他倒是比正常人还敏感。望远镜上也湿湿黏黏的一层，它皮质外壳上那些蜂窝状的小凹槽也都被马乐的汗水填满了。

这是一个只有手掌大小的望远镜。在北京的那些日子，我无数次用它眺望对面那些亮着灯火的窗口，那些高大的白杨以及枝杈间停落的乌鸦和白鸽……虽然它被买回来是为了改装摄像机——拼出一部摄像望远镜，用以记录远处那些隐秘而精彩的瞬间——那当然不是一个摄像助理该干的事，却是一个把摄像当成梦想的人一直在琢磨的事……我熟悉它的每一个零部件，每一处皮质纹理，甚至银色金属部分的每一道划痕。现在，我把它对准路远，又对准马乐。路远还是以前的那个路远，高，瘦；但马乐好像又胖了一圈，他胳膊上一节一节的，就像是一节节藕段。

我离开老家去北京的时候——两年前的那个夏天——马乐就已经很胖了，胸前的那两块肥肉一颤一颤的，走不了多远就要停下来喘上几口。而现在，他比那个时候更胖一圈，差不多有两百多斤了吧？俯下身子，架杆，瞄准，击球，就连这些最基本的动作对他来说都已经十分困难了——就这样，他竟然还说要灭了路远。

从马乐身上移开，我又对准广场一角的一个老头儿，一个正在放声歌唱的老头儿。他一手举着麦克风，一手上下挥舞着——看上去就像在重温年轻时想成为一个歌唱家的昨日旧梦。伴奏音乐和他走调的歌声伴随着一阵阵热风传过来——在那桃花盛开的地方，有我迷人的故乡，桃园荡漾着孩子们的笑声，桃花映红了姑娘的脸庞，啊故乡，终生难忘的地方……稀稀拉拉围坐在他旁边的是几个跟他年龄差不多的老头老太，他们一边打着节拍一边翕动着嘴唇，好像也沉浸在某个昨日旧梦里。

镜头再往右，移到通往河滩的那条昏黄的小路上，我就看见了一个男的和一个女的，他们一前一后地在走，女的走在前面，男的跟在后面，始终保持着四五米的距离。女的穿裙子，提着一个小包；男的穿着汗衫、短裤，空着手。两个人看上去都是五六十岁的年纪。走到那条小路的尽头，他们又走向河滩，接着又朝桥洞底下走过去。这么晚了，这对夫妻要去干什么呢？哦，不对，他们是一对夫妻么？

我放下望远镜，望了望旁边的灯光球场。在矿上把它移交给地方之前的那几年里，那儿垃圾遍地，杂草丛生，几乎成了一个被人遗忘的角落。但一到晚上，那儿就经常会有一些年老色衰的中年妇女出没，吸引着一个个背驼头秃的男人们来来往往。都是“鸡”！路远有一次跟我说，“快餐”五十，“打手铳”二十……现在看起来那是一个跟那些女人的年貌和当地的经济发展水平都很匹配的价格……不知道刚才那个女的是不是也是——她和那个男的走到桥洞底下去了，那儿暗黑一片，掩盖了一切。

老板，摆球！我听见路远又在那边喊道。接着，马乐垂头丧气地走过来，把杆子又塞给我。马乐，不行啊你，路远笑着朝他的背影说，还是回家叫你姐过来打吧！马乐没吭声，又坐回了那把蓝色塑料椅子。老板摆完球，也又坐回了他那台三条腿的沙发。他老婆正在聚精会神地盯着屏幕——里面播放的是一部叫《亮剑》的电视剧，同时也正在聚精会神地嗑着瓜子，她面前的那片水泥地面上明显又多出来一层瓜子皮。他们的女儿还在做作业，头顶上的那盏灯泡还没有把她释放出来。

我弯腰瞄准，使出最大的力气用白球炸向那个摆成等边三角形的球堆。“啪”的一声，那些球应声而开，四散着在桌面上滚来滚去……最后，5 号花色球滚进了左侧的底袋，4 号花色球滚进了右侧的中袋。好球！路远说。我又瞄准了 6 号花色球。

不逢年不过节的，怎么这时候回来了？路远问我。回来一个月了都！我说。怎么？辞职了？他问。嗯！我说。怎么辞职了？他问。回来建设家乡啊，跟你一样！我说。得了吧，你丫损我呢又，我可是一直在等着看你掌镜的电影呢！他说。掌个屁！我说。怎么回事？他问。没怎么回事！我说。没怎么回事你丫怎么回来了？他问。你怎么回来了？我问。我？我不还是因为我爸！他说。我还不一样！我说。回来准备干什么？他问。也跟你一样！我说。考编？他问。嗯！我说。操！他说。

我也想说一声："操！"我想起来我爸——他的红脸膛，深褐色的臂膀，条条毕现的青筋……年轻的时候他参过军，去新疆当了几年基建工程兵，退伍之后转业到了623矿上——他就是在那儿认识的后来成为他老婆再后来又成为我妈的赵医生。在矿上，他从施工员干起，接着是一组副组长、二组副组长、三组副组长，后来就一直停在了副组长的位子上，再也没能升上去，直至最后以副科级退了下来。他搞了一辈子基建，长年在外，把管教我的任务都交给了我妈——但我妈哪能管得了我？

现在，闲下来了，他才终于意识到自己养了个"不务正业"——他的原话——的儿子，他要收线了！从今年年初开始，他就一天到晚催着我赶紧从北京回来，想趁他还能管得住我之前把我赶上他觉得正确的路子上去。——你知道我的脾气！你不回来的话，那我就过去，到时候……最后一次打电话过来的时候，他这么跟我说。

操！你爸怎么跟我爸一个德性？路远愤愤地说。他瞄准“黑八”，发力，一杆进洞。不过他没想到我更没想到的是，白球也紧跟着摔了袋——这一局他明明已经赢定了，但是转眼之间又输了。操！操！他扭头朝向马乐那边喊道，马乐，该你了！

哈，被灭了吧？我就知道！马乐再次艰难地起身，朝我们这边走过来。路远把杆子递给他，自己去拿了那个三角框摆球。马乐！摆好球，路远又摸了摸马乐的头说，这局好好打！拿出吃奶的劲儿灭了赵松，可不要给你未来的姐夫留情面！说完他看了我一眼，笑了笑。马乐也看了我一眼。马乐，开球！我白了路远一眼说。

我不知道路远是怎么知道的我和马乐他姐的事——又或许，他压根儿就不知道——从头到尾我都没跟他说过哪怕一个字——我也不知道该怎么跟他说。不过，这种事根本不用说也能看出来。说到底，一个男人看出来一个男人和一个女人的关系，其实也并不比一个女人看出来一个男人和一个女人的关系难度更大。更何况，一直以来，马乐他姐对我怎么样，我对她怎么样，路远肯定比我们俩之外的任何一个人都更清楚——更何况，他也喜欢过她。不过那已经是很久以前的事了。

马乐这一局打进了两个球——这已经接近他的最好成绩了，但是接下来他却又把“黑八”提前戳了进去。于是又换路远和我打，马乐又坐回那把蓝色塑料椅子。回来后见过她没？路远说。谁？你说谁？还能有谁？不知道你说谁！还跟我装！宋清啊！

宋清就是马乐他姐，亲姐。对，你没看错，确实一个姓马一个姓宋。至于他们姐弟俩为什么会有不一样的姓氏，那其实也很简单，因为他们的母亲先嫁给了一个姓宋的，后来又嫁给了一个姓马的——姓马的，也就是马乐他爸，他是在马乐十五岁那年去世的，时年五十一岁。五十一岁去世在别的地方可能稀奇，不过在我们623矿并不稀奇，因为我们623矿是一个铀矿，而马乐他爸又是一线矿工。事实上，这么多年来，被那些泛着沥青光泽的致密块状的铀矿石夺去父爱的也并不只马乐一个人。

没有！我说。应该见见的，他很认真地看着我说，正好现在你也回来了。不吃醋么你？我笑了笑。我吃醋？吃哪门子醋啊我还，都多少年了，我儿子都一岁了！

这时候，随着沉闷的“嘭”的一声，我们这台案子突然晃动起来，案面上那些球滚来滚去的。接着，我就看见撞到我们案子的那个足球又弹向马乐那边，它落下来滚了几滚，最后准确无误地滚到马乐脚下。再接着，我就听见一个又尖又细的声音从球场那边飘过来——哥们儿，来一脚！来一脚！我没有来一脚，路远也没有。

马乐从椅子中费力地站起来，捡起那个足球，把它固定在一个位置，然后又往后退，一直退到离球五六米远的地方，又用力吸了一口气——再然后，他就像一只大口袋一样加速朝那个足球飞奔过去。我和路远都停下来，望着马乐，同时想象着足球将会在空中划出来怎么样一条壮丽的抛物线，飞出去，攀升，再攀升，到达顶点，再落下来，最后降落在球场里某个人的脚下，或者被某个脑袋接住又顶起来。

不过，现实并没有按我们想象的那样发展。事实上，那个球只滚出去十几米远就停了下来，它的反作用力却把马乐一下子弹坐在地上——他右脚上的那只拖鞋也飞了出去。球场那边顿时哄笑起来，我们旁边的那几个小年轻也哄笑起来——接着，我看见那几个小年轻中的一个放下杆子跑过去补了一脚，这一次那个球才真正地腾空而起，一路旋转着朝灯光球场飞过去；

而作为回报，他也得到了几记响亮的哨声。

没事吧你？我走过去把马乐拽起来——他比我想象的还要重。没事，他拍拍屁股上的灰土说。我给他指了指飞出去的那只拖鞋。继续！继续！路远喊道。

我又回到案子前，俯下身来瞄准“黑八”——在此之前我和路远已经打完了各自的那些球，开始争“黑八”了。前面那两局，我和他各赢一局，一比一平，所以眼下这局就很关键了。瞄准之后，我瞄了又瞄，瞄了又瞄，最后还是下不了击球的决心。这时候，路远朝外面指了指说——宋清！宋清！宋清！我没有理他那一茬儿——我知道在这种关键时刻我们总是会这么去干扰对方，而且我们也都很了解对方这一点。

宋清，真的是宋清，不信你自己看！路远捅了我一下说。是的，那确实是宋清，只是在余光中瞥了一眼我就认出来了——不知道她为什么会突然出现在这里。

她正走在台球室门前的那条水泥小路上，额前架着一副墨镜，肩上挎着一个坤包——包链从她两乳之间斜穿下来，就像是一条幽深的河流。她上面穿了一件白色紧身背心，下面是热裤，再下面一双玉腿，再再下面是一双人字拖——我知道她的右脚脚踝外侧还纹着一片羽毛……它轻盈、柔软、飘动，就像一片真正的羽毛，尤其在她跳起舞来的时候……我停下来，看着她沿着那条小路往台球室这边走过来。

拐进来之后，宋清走到马乐面前—— 在这儿干吗呢你？她明知故问地问他。打球啊！马乐说，然后朝我们这边指了指。我赶紧埋下头来，又装作瞄准“黑八”。

呵，是你啊，我说马乐怎么在这儿呢！我听见宋清的声音越来越近，越来越近。来玩玩！玩玩！路远笑着说，这里还有一个呢！你看看还认识不认识？我知道他在说我，现在躲不过去了，我不得不抬起头来迎接宋清朝我看过来的那道目光。

只对视了一眼，我就看见了宋清眼睛中闪动着的一些只有我和她才能觉察出来的东西。而至于那到底是什么东西——是爱？是恨？是两者皆有，还是两者皆无？我暂时还说不上来。哦，你回来了？她淡淡地说。嗯，回来了！我也淡淡地说。他都回来一个月啦，路远在旁边晃了晃杆子说，我也是今天才知道的，他不找我我还不知道呢，不过这次回来他就不走了！他又问宋清，你怎么有空过来了？宋清指了指灯光球场的方向。哦，哦，路远说，你也来看球啊！宋清不置可否地笑了笑。

现在那边估计是有人进球了，场内一片沸腾，哨声和呼喊声一阵接着一阵。应该是红队进的球，因为我看见红队的几个人正在疯跑着，一边疯跑着一边挥舞着球衣——就像世界杯或者欧冠上的那些明星球员一样；而蓝队那边，有几个人正在跟守门员激烈地争论着什么，其中一个推搡着他。但是，我不知道这究竟有什么好高兴的或者不高兴的，值得高兴或者不高兴的不应该是这些鸡毛事情，而应该是另外一些——只有那些事情降临到自己身上的时候，他们才会真正地明白这一点。

你们继续打吧，我找马乐，我妈还不知道他在这里！宋清摆摆手说，她朝马乐走过去。打两杆啊，路远冲着她的背影说，赵松根本不是我对手，你来试试！宋清把手举过肩头晃了晃。她背着对我们，正在跟马乐说着我们并不清楚的什么事情。

从我的角度看过去——尤其是接下来很多次俯身下来瞄准的时候，总是能看见宋清那两条完美无瑕的玉腿——一条直立着，另一条向上弯曲着，脚板和拖鞋呈四十五度角。再往上，是翘臀，是蜂腰，然后是被紧身背心勾勒出来的那一块娇小的背部——以及一条隐约可见的胸罩带子,再然后是瘦削的双肩，最后是一头挑染成棕黄色的短发。长年跳舞给她带来的那副好身材，即使从背后看过去也一览无余。

这副好身材，我不但从背后看到过，也从正面看到过，甚至还一寸一寸地抚摸过……但今天确实是我回来之后第一次见到她。上次见到她是在去年，北京，三元桥，我住的地方附近。她给我打电话说她在北京出差，事情办得差不多了，第二天要赶回去，问我有没有时间一起吃个饭。吃完晚饭，她又提出来到我住的地方去看看。我知道这意味着什么。不过我并没有什么负担，我跟一个女孩子刚刚分了手。

我住在一套两居室的次卧，那是我跟一对儿情侣合租的房子。进来之后，宋清踮着脚尖在我那间几乎没地方可以下脚的房间里小心地走着，她怕碰坏了地板上的那些摄像器材——我淘回来的各式各样的老相机，从剧组带回来的那台佳能 EOS C300 Mark II，或者是按照焦段整齐排列起来的那些镜头……走进来，走到里面那张单人床前坐下来，她暧昧地望着我。我坐在靠墙的一张塑料凳子上。过来啊！她说。

是的，我当然走了过去。一个和你一起长大的女孩到你所在的城市出差，跟你约饭，吃完饭后跟你回到你住的地方，坐在你的单人床上，一脸期待地望着你，然后又跟你说“过来啊”，这也就说明了一切……她很卖力，当然，我也是。她很满足，当然，我也是。完事后，侧卧在我的臂弯里，她呆呆地怔望着一屋子的摄像器材，问我在北京过得怎么样，是不是打算就这么一直待下去。

不然呢？我在她额头上吻了一下说，回去又能干什么？也是！她仍旧望着那堆摄像器材说，回去又能干什么呢？虽然这么说，但我想她肯定不明白，那堆破烂玩意儿为什么会有那么大的魔力，能让我毕业之后选择来到北京——而不是留在老家——并义无反顾地留在这里，一待就是两年。如果，如果我是为了哪个女的留在这里，或许她还可以接受；不过问题是，我整天面对的竟然是那么一堆东西，她不理解那堆东西，也不理解那堆东西背后的那个东西——又或许她理解。她当然理解。

当天晚上，她回了酒店。她住在丰台——打开北京地图你就知道那儿距离我住的地方有多远了，那儿和我这里正好拉出来北京城区的一条对角线。我坐地铁送她回去，一直把她送到酒店大堂，注视着她进了电梯，才又赶出来坐回程地铁。那时候已经快接近凌晨了，地铁上人很少，我那节车厢里只有我和另一个年轻人。我看着他想，她赶回去之前的头天晚上来找我，肯定不只是为了睡一觉。

但一个明摆着的事实是，我又能怎么办呢？当时的情况就是那样，她不能过来，而我也不想回去——我当然不能故作轻松地给她一个她想要的交代——换作现在，我完全可以也应该这么做……但是，现在我不知道她还需不需要我这么做。

我又输了一局，现在二比一了。怎么，不在状态啊你？路远重新摆好球说，是不是因为？他拿起白球朝宋清所在的方向指了指。什么？我摆了摆手说。什么？你说什么？他架起杆子瞄了瞄，然后用力炸开那堆球说，情场得意嘛，赌场得失意嘛！

好吧，情场得意！我又想起来宋清——更准确地说，是两年前的宋清。两年前，就在我去北京之前的那个月里的一天，她让我去找过她一次。那时候她已经上班了——她读的是两年半制的职专，在开发区的一个艺培学校教跳舞。她在学校附近租的房子，一个小单间，她自己住在那儿。我按照她给我的地址找过去时，她正拿着一把电吹风，头发上湿漉漉的——我不知道她是刚洗完头还是刚洗完澡。

我在她身后那张布艺沙发上坐下来，而她也开始摁下吹风机的开关。她没有说话，我也是，只有电吹风一阵接一阵的嗡嗡声。我注意到房间里有一张单人床，床上有两只枕头——其中一只是海马形状的抱枕。单人床里侧的那面墙上贴满了海报，上面的人我一个都不认识，哦不，只认识一个——迈克尔·杰克逊。我之所以认识他，一方面因为他是杰克逊，另一方面是因为他当时刚刚打赢娈童案的官司。

吹完头发，宋清走过来，没有任何铺垫地亲我，同时让我亲她，接着她又把我引到了那张单人床上……半个小时后，当我的身体和心情都平复下来，她用右脚——这时候我才注意到她脚踝外侧文了一片羽毛——一边摩挲着我的小腿一边跟我说起海报里的另一些人——柯林·唐恩、玛丽亚·佩姬斯、珍·布洛尔、玛莎·格雷厄姆、华金·柯帝斯、西薇·姬兰、约瑟芬·贝克、尼金斯基、金·凯利……那可都是世界排名前十的舞蹈家，不过那也是一些我连听都没听说过的名字。接下来，我们又来了一次——之前算不上成功，因为那是我的第一次。

你要去北京了？完事后，湿漉漉的她抱着湿漉漉的我说。我不知道该怎么跟她说，尤其是刚刚发生的这件事，让我更不知道该怎么跟她说。嗯，到一个剧组里去，干摄像助理，我最后说，你知道的，我学的就是这个。挺好的！她笑了笑说。

你呢，有什么打算？我摩挲着她脚踝外侧的那片羽毛说。我么？她看了我一眼说，我还能有什么打算？还是继续当我的老师呗，继续跳舞！她把游走在我胸前的右手举起来，指了指墙上那排海报里的那些舞蹈家说，争取成为他们中间的一员！说完，她自己就忍不住先笑了出来。不过那是不可能的，想想也不可能，她又说。

那一次，我不知道宋清到底是什么意思，以姐姐身份——

她比我大一岁——送给我一份成人礼？为我们的青春做个小结？还是在她需要一个男性身体时我正好成了被她选中的那一个？她没有说，我也没有问！半个月之后，我就带着这份不解去了北京。至于再后来，我就在那里遇到了前前任、前任，以及中间那些临时插进来的一夜之后就可以彼此忘掉的女孩子。

这时候，灯光球场响起了三声终场哨——接着，那边就爆发出来一阵响彻全场的欢呼声。看样子是红队一方赢了，因为我看见蓝队那边的年轻人都垂头丧气的，而红队的人则一个个兴高采烈的，一边互相说笑着一边拧开矿泉水瓶，大口大口地灌到肚子里，或者从头顶上浇下来……几分钟后，我看见他们陆陆续续从球场里走出来，走到台球室和球场之间的那条水泥小路上，然后就一个接一个地散进了已经降下来的夜色之中，球场看台边只剩下一个拎着蛇皮袋到处捡矿泉水瓶的老头。

我正想朝宋清走过去的时候，一个穿红色球衣的男的骑着摩托车过来，潇洒而又准确地把车停在了马乐和宋清旁边，接着下了车。望着他，我心里开始忐忑起来。我还到处找你呢，怎么在这儿？那个男的问宋清。宋清指了指马乐说，我弟！

哦哦哦，你好你好，那个男的笑着对马乐说，紧接着他又伸手对宋清比了一个 V，我们赢了，满场唯一的一个球，我踢进的！他的红色球衣紧紧地贴在身上，脸上挂着掩饰不住的笑容。路远用杆头捅了我一下说，这谁啊？我哪知道！我说。

这时候，我看见那个男的递给宋清一只头盔，自己戴上了另一只。再接着，宋清就跨上了他的摩托车——先走了啊，她扭过头来冲我们这边摆了摆手说，你们接着打！那个男的也冲我们这边摆了摆手，然后发动摩托车，轰鸣着开了出去。从那条水泥小路的尽头，他们拐上它连接着的一条大路，然后一直开过去，越来越小，接着就看不见了——不知道他把她载到哪里去了，那是连望远镜也望不到的地方。

现在，马乐还是像之前那样陷坐在那把蓝色塑料椅子里，手里捏着望远镜。马乐！路远冲他招了招手。那个男的谁啊？等马乐走过来后他问他。马乐摇了摇头。

哦，也不一定就是男朋友，路远又扭过头来安慰我，也可能是朋友，顺路送她回去的吧！我把杆子一撂，朝老板那边喊道，老板，结账！不过老板好像没听见，仍然目不转睛地盯着屏幕，里面正放着一部什么电影——沙滩上，一个美国男人和一个美国女人正在热烈地接吻，那个美国女人穿着“三点式”，那个美国男人光着膀子，他的手游走在她的背上，想要从后面解开泳衣……老板，结账！路远又喊了一声。

来了！来了！来了！老板这时候才反应过来。他一边应承着一边把屁股挪离沙发，但目光还停留在屏幕上——现在，那个美国男人已经解开了那个美国女人的泳衣带子……不过镜头接着一切，就只能看到那个美国男人和那个美国女人紧紧抱在一起的画面了，蔚蓝色的海浪在他们旁边拍打着……

亲个嘴儿有什么好看的？没亲过啊？路远一边结账一边冲老板说。老板不好意思地咧开嘴笑了一下，露出两排熏得黑黄黑黄的牙齿，比很多年前更黑了也更黄了。这时候，我注意到老板的女儿仍然趴在那里写作业，并且仍然保持着我最初看见她时的那个姿势，她并没有注意到我们这边发生的一切——也可能注意到了，却没有一丝一毫的反应，甚至连扭过头来看一眼都没有。看年龄，她应该在十六七岁，跟马乐差不多大，应该是在准备明年的高考吧？哦，我真心地祝愿她能考出一个好成绩，离开这里，并且永远不再回来——我默默地替她做出这样的安排。

去宵夜吧？今天我请！路远拍了拍钱包说。不了，改天再说！我说，你先回去吧，我和马乐到江边转转！之所以没喊路远一起，是因为我知道他现在跟我们不一样了，他已经有了老婆，也已经有了女儿，马上就十点半了，她们比我们更需要他。

没事吧你？他走过来拍了拍我的肩膀。没事，我说，肯定不会跳江的，放心！

路远走了。我和马乐走出来，沿着台球室门前的那条水泥小路拐向江滩。我一边走一边想象着路远回到家里时所要面对的那一切——一个女人，一个女儿，女儿已经睡着了，女人还坐在客厅的沙发上，一边看着电视一边等着他。我走在前面，马乐跟在后面，他跟得相当吃力，我能听见从背后不断传来的吭哧吭哧的喘气声，以及那两只拖鞋在他脚底板上富有节奏的清脆拍打声。我不动声色地放慢了脚步。

江滩上空无一人，我和马乐在台阶上坐下来，望着对岸的以及浸入到江水里的灯火——它们随水波荡漾着，不断地破碎又合拢，合拢又破碎。我又想起来宋清，想起来她给我的第一次和最后一次……她湿漉漉的头发，她单人床里侧墙壁上的那些海报，她右脚脚踝外侧的那片羽毛，她坐在床头望着我说的那句“过来啊”——她比我遇到的那些女孩子更懂得怎么取悦我，也比她们更懂得怎么不纠缠我。如果我没离开这里，或者我们一起离开了这里，现在坐在我身边的就不是马乐了。

马乐！我喊了他一声。怎么啦？他扭过头来看了我一眼说。你姐……我说，接着又把后面的话咽了下去。我姐怎么啦？……哦，没事！我姐怎么了嘛？他摇晃着我的手臂说。没什么！我不知道该怎么跟他说，也不知道现在还有什么好说的。

你有没有喜欢的女孩子？过了一会儿，我把话题转向他。马乐扭过头来，不好意思地笑了笑，很快又把头扭了过去。他把头扭过去，朝那间台球室的方向张望着——而顺着他的一望，我才注意到从我们这边正好能看见那边。那边，现在换上了另外几个小年轻，不时有炸球的声音穿过闷热的空气传过来。我不知道我的问题让马乐想到了什么，那个穿着“三点式”的美国女人？那个美国女人和那个美国男人接吻、搂抱在一起的那些镜头？还是台球室老板和他女人坐在一起看电视的那一幕？

看什么呢你？我问他。他没吭声，还在继续朝台球室的方向张望着。看什么呢你？唐蓓蓓！他嘟囔出一个名字。谁？唐蓓蓓！他说，那个做作业的就是唐蓓蓓，我同学，小学的同桌！哦？台球室里的那个女孩子吗？我说。马乐用力点了点头。

哦哦——原来她叫唐蓓蓓，原来她是马乐小学时候的同桌，原来马乐喜欢她！

但是我从来没有听马乐说起过她，就是今天晚上，他也没有对她流露出来喜欢的意思——而她，也没有走过来跟他打一声招呼。我不知道马乐喜欢她什么，又能喜欢她什么，甚至我也不知道他知不知道什么叫喜欢——我所说的那种喜欢。是的，尽管已经十七岁了，马上就成人了，但是我想他可能还完全不了解这一点，也从来不会有哪个女孩子给他这样的机会，而他就读的残疾人学校也不可能教会他这些。

她，唐蓓蓓，曾和马乐肩并肩地坐在同一张桌子旁，胳膊紧挨着胳膊，腿紧挨着腿，身子紧挨着身子，一天中的大部分时间他们就这么紧挨在一起，这就是马乐的喜欢——对于一个男人对一个女人的喜欢，他的智商只能让他理解到这个地步并将一直停留在这个地步——直到他遇到一个他和对方都能接受彼此的女孩子，更可能的是他和那个女孩子永远也遇不到彼此——大概就是这样。

至于她，那个做了一晚上作业的女孩子——唐蓓蓓，现在她正奔赴在另一条路上，那是一条她这个年龄的绝大多数人都正在走的路，除了马乐，那条路上不可能会出现他的身影。她喜欢你吗？我又问马乐，明知道这是一个没有任何结果也没有任何意义的问题，但我还是问了出来。不！马乐说，不知道！说着又看了一眼台球室的方向。那如果呢，如果她也喜欢你，愿意给你当女朋友，你要不要？我说。

他呵呵呵呵地笑起来，算是回答了我。我知道他已经顺着我给他描绘的那个方向想了下去,不过我也知道这是不可能的，那是一个经不起戳的彩色泡沫。马乐笑得很夸张，眼睛眯成了一条缝，两只手挥舞着，胸前的肉也一颤一颤的——他头上那些疙疙瘩瘩的凸起与凹陷，脖子里堆叠起来的层层皱褶，也跟着一起抖动起来。

这让我想起来一张彩色照片，它就挂在马乐家一进门左边墙上那个相框的右下角。他的父母穿着那个年代特有的地质工人装束，坐在公园里一张长条椅的两侧——两手垂搭在膝前，马乐盘着腿坐在他们中间。那个时候他刚满六岁，读小学一年级，上学放学时经常像个跟屁虫似的跟在我们后面，距离后来得脑膜炎还有一年，他穿着海魂衫、小凉鞋，戴着海军帽，面对镜头的方向大笑着，眼睛睁得大大的，两个深深的酒窝挂在左右脸颊上——似乎迷失在了那个幸福的时刻。

现在马乐还在呵呵笑着，似乎迷失在了我给他制造出来的另一个幸福的时刻。

十一点半，江风大起来，对岸的灯火也一盏盏地灭了下去。我和马乐起身回家——从江滩这里走到我们623矿家属院只需要十几分钟。沿原路走出来，等我们经过那间台球室门口，沿着门口那条水泥小路走回去的时候，我朝里面望了一眼。台球室老板还坐在那台三条腿的破沙发上，他的女人还坐在那个小马扎上——也还在嗑着瓜子，他们面前的电视机里也还在播放着之前的那部电影，但是他们的女儿，那个做了一晚上作业的女孩子、马乐以前的同桌——唐蓓蓓——已经离开了那儿。

上　岸

三十七岁这一年，关栋突然对地面上的事情失去了兴趣，水面转而成了他最向往的地方。一条河，一片湖，一口塘，一个洄湾，甚至一小片水洼，都会让他在那儿坐上大半天。坐上一天当然就更好了。坐上一天，不停地抛竿、提竿、换饵、凝视，即使钓不上来一条鱼也是美好的一天。就仿佛这一天是平白多出来的，只属于他关栋一个人，而不再属于他的老板，也不再属于他的妻子阎丽和七岁半的女儿贝贝。

不过，对于关栋来说，要想得到“平白多出来的”这一天并不容易，除非是周末——还得是不加班的周末。但话又说回来了，不加班的周末什么时候会轮到他呢？

这么说吧，在他们阿尔法网络，老板有周末——这是自然的，财务有周末，产品经理有周末，营销专员有周末，程序员有周末，设计师有周末，就连前台和客服也有周末，唯独他们数据分析师没有——有也得时刻准备着。老板说了，现在是大数据时代，谁掌握了数据谁就掌握了未来，谁掌握了未来谁就掌握了制高点。当时关栋还笑出了声，以为老板是放空炮，后来他才知道这炮弹是实心的，老板每天都跟他们催着要“数据”，要“未来”，要“制高点”。这么一来关栋就再也笑不出来了。

作为一家想在视频社交业务上有所突破的网站，这几年来阿尔法网络可谓动作频频，增资扩股，招兵买马，收拢业务，一心想通过病毒式社交运营让用户吸引用户，进而在短期内积累起海量用户，以挤垮另外那几家竞争者，树立起自己作为行业领头羊的地位，然后上市。老板的这个战略立意深远，英明睿智，或者说阴险狡诈，总之在一定程度上形成了新局面。不过，这个战略却让公司里的每个人都忙得不可开交——尤其是关栋他们搞数据分析的，一天到晚都要遨游在密密麻麻的一眼望不到头的数据、数据、数据里面。搁在以前，忙就忙了，没有周末就没有周末了。问题是，现在关栋迷上了钓鱼，越是忙他越是想出去甩几杆。屏幕上来回跳动着的哪是什么数据啊，分明就是鱼，分明就是成群结队朝他游过来的鱼。

白天要上班，周末要加班，于是关栋就只好在下班之后的这段时间去夜钓，就在他们小区附近的月湖边玩一会儿，过过瘾。也不算远，走过去十五分钟。从他们小区那个后门出来，沿着龙灯路一直走，然后拐上知音大道，再一直走，就到了。

月湖虽然是汉水改道之后形成的一片半人工湖，但是因为经常有人放生，再加上连通着汉水和长江，所以鱼类资源一直都很丰富，来这里钓鱼的人也一年四季都络绎不绝。不过因为现在是夏天，天气太热了，小鱼闹窝闹得厉害，所以白天来钓的人要少一些，一般都是来夜钓的——当然了，这里面也不乏关栋这样的，白天上班没时间，只能晚饭之后溜出来玩会儿，用钓鱼人的一句行话说，这就叫“解毒”。

来月湖边“解毒”的人多啊，沿岸一周几乎都坐满了，水面上的夜光漂密密麻麻一片。月湖的钓位十分紧张，尤其是好钓位，跟黄金地段的房子一样抢手，去晚了就只能挨到不怎么出鱼的位置。好在关栋无所谓，他只是来玩会儿，并不在乎能钓上来多少，他们一家也都不怎么爱吃鱼，钓上来多少就放回去多少，钓获放流嘛！

下了班，吃完晚饭，差不多就到八点了，关栋一般都是在这个时候出门。路上十五分钟，开饵料、架钓台、挂线组、调浮漂、打窝又是十五分钟，关栋就从八点半开始钓，钓到十点半或者十一点收竿，够了！在这两个或者两个半小时里，关栋从不跟旁边的那些钓友们闲聊，也从不理会身后的那些看客，他戴着耳机，面朝湖面，大部分时间都在一动不动地凝视着水面上的那只夜光漂，漂不动他就不动，漂动了他才动——提竿、刺鱼、遛鱼、摘钩……这一连串动作，关栋现在已经非常熟练了，一气呵成，一点儿也不拖泥带水——如果碰巧是坐在关栋旁边的那个钓友，或者站在他身后的那个看客，你根本就看不出来他还是一个钓龄不足一年的新手。

是的，就像很多人在迷上钓鱼之前根本就不知道钓鱼有什么让人痴迷的地方一样，仅仅在一年之前关栋还对钓鱼充满了成见，觉得那纯属浪费时间，是闲得没事干了的人才会干的事，是那些退休在家的没有孙子孙女可带的闲极无聊的老头儿才会干的事。但是陪一个朋友钓过一次之后，他没想到的是自己竟然也迷上了钓鱼。

那是去年秋天的一个上午，关栋一个做交互设计的朋友约他去郊区野钓。关栋本来是不想去的，最后禁不住朋友一而再再而三地约，再加上关栋当时正在给他做一些数据外包的活，就去了。朋友钓，他不钓，他就在旁边看。那天也是奇怪，鱼情出乎意料地好，一下竿就有口，一下竿就有口，朋友基本上都是连竿中鱼。后来，他就拿了一根短竿给关栋玩。反正闲着也是闲着，关栋也就学着甩了几竿。甩着甩着没想到一条小鲫鱼就上钩了，换饵再抛下去又是一条，又抛下去又是一条。

一根竿，一条线，一只浮漂，两枚钩子，一团饵料，就能把鱼从水里钓上来，这有意思了！钓上来的有鲫鱼，有白条，有草鱼，有翘嘴，有鲤鱼，甚至还有鳊鱼和黄颡鱼，这就更有意思了！对于从小在内陆平原长大的关栋来说，他见过鱼，吃过鱼，但从来没钓过鱼，他的亲戚、邻居、同学、朋友们中间也没什么人钓鱼，因为他们老家那一带全是沙土地，压根儿就没什么水，没水还钓什么鱼呢？

钓过一次之后，关栋就被那种感觉迷住了，那段颤巍巍的竿尖儿，那份轻盈而又沉甸甸的拉力——那哪里是在拉水里的鱼啊，分明就是水里的鱼在拉他嘛！接下来，根本不用朋友再约他钓鱼，关栋就主动约起朋友来了。他网购了一套渔具，竿子，鱼线，浮漂，钩子，饵料，马扎，开始把钓鱼当个正经事儿干了。一开始，关栋还只是周末不加班时约朋友到郊区玩一下，后来时间总是对不上，不是他忙就是朋友忙，不是朋友忙就是他忙，一起钓鱼就成了奢侈。但越是没时间钓，关栋就越是想钓。他坐不住了，每天都想出去甩几竿，不甩几竿就手痒，就觉得缺这少那的。

有一次，加班回来从月湖边路过的时候，关栋看见很多人在那儿夜钓，湖面上一排排五颜六色的夜光漂——事实上关栋以前就看见过这一幕，不过现在再看到这一幕那就不一样了。榜样的力量是无穷的。后来，关栋也开始到月湖边来夜钓。对一个迷上钓鱼的人来说，只要碰见了水那就是久旱逢甘霖，月湖就成了关栋的甘霖。上班就上班吧，加班就加班吧，没周末就没周末吧，可总有下班的时候吧，下了班总得吃饭吧，吃完饭不就可以钓鱼了么？时间就像海绵里的水，挤挤总是有的。关栋挤了，也挤出来了，他就在晚饭后的这段时间出来夜钓，天天钓。关栋迷上了钓鱼，有了瘾——用钓鱼人的行话说，这就叫“入坑”了。

“入坑”的标志是这样的：不在钓鱼就在准备钓鱼。这句话用在关栋身上再合适不过了。为了钓鱼，很多时间他都用来研究钓鱼，看各种各样钓鱼的视频，跟南北各地的钓友们交流钓技，他还学会了做线组、绑钩子、开饵料、找钓位，甚至还组装出了一把手海两用竿。钓具也越买越多，钓箱、竿架、抄网、头灯、夜光漂、打窝勺、摘钩器以及各种型号的浮漂、主线、子线，阳台上就像一个小型渔具店了。

一个人迷上什么当事人自己往往并不清楚，最清楚的反而是他身边的人。对于关栋迷上钓鱼，感受最深的当然就是他的妻子阎丽了。关栋“入坑”之后阎丽感受最深的有两点，一是他的话越来越少了，也越来越简单了，跟他说个什么事情他不是“嗯”就是“啊”、不是“啊”就是“哦”的；二是他在家里待的时间越来越少了，他在家里待的时间本来就少，迷上钓鱼之后就更少了，现在他在家的时间约等于他躺在床上睡觉的时间。

钓个鱼嘛，休闲一下，这也是可以理解的，但至于上瘾成这样么？阎丽就不明白了。她也跟关栋聊过，但没聊出来什么。她问，钓鱼真有那么好玩吗？关栋答，有啊！她再问，怎么好玩呢？关栋再答，说不上来，就是好玩！阎丽笑了，笑得意味深长了，笑得不正经了，她把手搭在关栋胸前捏弄着，头一偏说，比我还好玩么？关栋也笑了，笑得很勉强，边笑边挪开身子说，你也好玩，鱼也好玩！听听，这叫什么话？阎丽脸色一沉，把手抽回来，侧身背对着关栋，睡了。

本来阎丽还挺支持关栋钓鱼的，人嘛，毕竟都有那么点儿自己的爱好，钓就钓吧。毕竟这也不算什么不良嗜好，并不是泡吧喝酒，不是赌博，也不是玩女人，更不是吸毒，仅仅是钓个鱼而已，休闲一下，也花不了什么钱！但是随着关栋“入坑”

越来越深，阎丽就不这么想了。她是一家大学附中初中部的数学老师，还兼着一个毕业班的班主任，事情本来就很多，她的责任心又很重，那就有得忙了。学校里的一摊子忙完还不算，回来还要接着忙家里的一摊子。搁以前吧，家里的事关栋虽然也操持得不多，不过总还能搭把手，或者一起商量一下；但现在好了，这个家，里里外外就都成了她阎丽一个人的事儿，孩子孩子他不管，老婆老婆他不管，就连冰箱坏了这种事他也不管，一天到晚一门心思就想着钓鱼、钓鱼、钓鱼，钓你妈的鱼！

因为钓鱼，阎丽没少和关栋生气，冷战过，也热战过，热战起来，她甚至还摔折过关栋的一根鱼竿。但是这又有什么用呢？一转眼，关栋又会去买一根，晚饭之后又会一抹嘴就扛着出去了。他的这种态度让阎丽气不打一处来，想着非再给他摔折一根不可，让他钓，让他钓个鬼！但是晚上真等关栋回来了，她又舍不得了，不是舍不得关栋，而是舍不得竿子，也不是舍不得竿子，而是舍不得钱。是啊，再摔折一根能有什么用呢？他还不是会去再买一根？再摔折一根，再去买一根，再摔折一根，再去买一根，说来说去，花的还不都是自己家的钱？想到这一层的时候，阎丽也就没再拿鱼竿出气了。她管钱，她比谁都清楚这个家每个月的进项有多少，出项又有多少，而进项减去出项之后又能剩下来多少——有时候甚至还不够减的。

钱还不是最主要的，两个人都有工作，工资也都不算很低，过日子嘛，拆东墙补西墙，拆西墙补南墙，拆南墙补北墙，拆拆补补，总能过得去，阎丽主要是气。凭什么呢？凭什么他关栋什么事都不管？凭什么他关栋一抹嘴就跑出去了？凭什么我阎丽就该忙里忙外？一是气，二是怨，她和关栋结婚八年了，这八年来，再加上前头谈恋爱的那两年，两个人的感情一直都算不错，虽然不说有多甜蜜吧，起码和和气气、有商有量的。关栋并不是一个浪漫的人，但就是这么个不浪漫的人，之前每一年还都会记得阎丽的生日，还都会给她买件衣服、化妆品或者首饰什么的，一句话，那时候他有那个心思。但是现在就不一样了，他关栋的热乎劲儿全跑到钓鱼那上头去了，别说阎丽的生日了，他自己的生日还记不记得都不一定。

阎丽也知道，两个人结婚过日子，哪还能跟谈恋爱时一样呢，时间一长就成了一种习惯甚至一种妥协，难免不那么热乎。但她和关栋现在哪里是不热乎呢？分明就是 N 极对着 N 极或者 S 极对着 S 极的两块磁铁，中间明明什么东西都没有，却老是感觉在顶。是什么在顶呢？因为关栋钓鱼吗？是，好像也不完全是。因为“七年之痒”吗？还是日子太平淡了？就这么想过来又想过去，阎丽想到了学心理学的闺蜜。

阎丽给她打了个电话，说了说她和关栋最近的情况。听完，闺蜜在电话那头笑了，说，说了半天，我还以为什么事儿呢，原来是这事儿。阎丽问，是什么情况？闺蜜说，我估摸着吧，你们家关栋应该就是“男人四十综合征”了。阎丽吓了一跳，问，什么病？闺蜜说，也不是什么病，你也不要太担心了，说白了这就是一场中年危机，很多男人都有，这个阶段工作忙，担子重，压力大，家里，外面，大事小事都得一肩挑，所以呢就会去寻找各种各样的出口，钓鱼嘛，当然也是出口之一。与此同时，闺蜜还给阎丽转过来一篇写中年男人夜钓的帖子，让她对照着参考参考。

帖子的标题是“那些夜钓中的男人，为何深夜不回家”，讲的是那些形形色色的夜钓者，有的是外卖小哥，有的是快递员，有的是装修工人，有的是文玩店老板，有的是网约车司机，有的是关栋这样的企业员工，有的是公务员……他们有的年纪大，有的年纪小，每个人家庭背景不一样，身份地位不一样，性格脾气也不一样，不过一样的是，一到夜幕降临时分，他们都会背着钓箱、扛着鱼竿来到水边，在那里安安静静地坐上几个小时，甚至一坐就坐到天亮，天亮了再接着钓……

帖子里还说了，夜钓的人并不在乎能钓到多少鱼，或者说他们根本就不是为了那几条鱼去的，而是到水边让自己平静下来，享受几个小时的孤独和放空。里面有一个搞装修的大哥是这么说的：下了班也挺无聊的，看会儿电视吧，媳妇说你，想打会儿游戏吧，你又抢不过孩子，对吧，所以就只好扛着鱼竿出来待会儿了；一个在外企写代码的小伙子也表达了同样的看法：上班的时候待在屋里边，下了班回到家还是待在屋里边，不钓鱼还能干点啥？不钓鱼就只能玩手机了！而最有境界的要数那个开文玩店的大叔，他说得更玄乎：这钓鱼跟参禅什么的是一个道理，可以让你得道成佛！阎丽没想到，仅仅是钓个鱼，竟然还能扯出来这么多理由和道理。

那我呢，现在我该怎么办？阎丽又问闺蜜。闺蜜说，这种事情嘛，也急不得，只能慢慢来，问题虽然出在关栋身上，但你也不是没责任，你也要给他时间，引导他一步步走出来。引导？怎么引导？给他空间嘛，给他自由嘛，他想一个人待着就让他一个人待着，别硬来，硬来只会起到反效果，他工作忙、压力大，你就多体谅体谅嘛。我还不体谅？家里、外面，孩子、老人，什么事让他操心过？从周一到周五，再加上周末，他有几天老老实实待在家里的？那你再想想别的办法，不行就拿出来看家本领，给他放松放松。放松放松？怎么放松放松？嗨！你是女的嘛，他是男的嘛，女的给男的还能怎么放松放松？闺蜜在那头笑起来，阎丽在这头也笑了。

说起来“放松放松”，阎丽才意识到她和关栋有多久没“放松放松”了。两个月？三个月？还是大半年？她已经不记得了！阎丽还记得，恋爱的时候关栋倒是一天到晚地缠着她要“放松放松”，在她的合租房里，在他的合租房里，在酒店里，他像个小馋猫似的一次次地要，她也一次一次地给。结婚之后的一段时间里，他们隔三差五也会“放松放松”，有时候阎丽还更主动一些。但有了贝贝就少了，有时候两周一次，后来一个月都没一次。这几年就更少了，一年下来还不到两把手。确实，闺蜜提醒得对，两口子嘛，床下不能解决的可以床上解决，自己怎么就把这个忘了呢？

吃完晚饭，等关栋又出去夜钓了，贝贝也去写作业了，阎丽把锅碗瓢盆刷了，地拖了，该收拾的也都收拾了，然后洗了个澡，换上几年前买的那套“用料很少”的内衣，又在上面喷了些香水。十一点半的时候，等贝贝睡觉了，阎丽估摸着关栋也快回来了，就躺到了床上，又把床头灯拧得暗暗的。

十一点四十五，关栋准时回来了。阎丽听见了开门声和关门声，接着是一阵脚步声，接着是放下钓箱的“砰”的一声，接着又是脚步声，接着是卫生间的开门声和关门声、一阵阵花洒的喷水声、卫生间的开门声和关门声，接着又是脚步声，最后是卧室的开门声和关门声。计算着关栋就要走到床边来了，这时候，阎丽闭上了眼睛……

但是，关栋接下来并没有像自己想象的那样扑过来，而是划开手机屏幕看了起来。这让阎丽不得不采取主动，她翻了一下身子，凑上去，从关栋的脖子一路亲下去。

哦，还以为你睡着了！阎丽听见关栋说，但是她没接他的话,也没让他继续说下去,而是用接下来的动作表明了一切——虽然那些熟悉的动作她实践起来已经有些陌生了。阎丽的动作慢慢地带动了关栋，他也随她动作起来。他把阎丽翻过身来，骑了上去……几分钟后，随着一阵久违却无比迫切的痉挛，阎丽率先抵达了。阎丽怎么也没有想到自己会来得那么快，比之前的任何一次都要快。她不明白了，自己还没有开始好好施展怎么就到了呢？是太久没做了还是自己也渴望了？

阎丽极力压制着从身体最深处持续传来的一阵阵感受，把就要破口而出的那声叫喊也咽了下去，继续迎合着关栋。但是，关栋这时候却停了下来。怎么啦？别停啊你！阎丽催促他。哦，你不是已经到了吗，关栋说，我知道你到了。他从阎丽身上翻下来，起身去了卫生间。

阎丽没心思回味刚才的那阵痉挛，她一手支着头，一手够了够快掉下去的被单，想把自己盖住一些——被单太远了，她没够到，不过她也没心思起身去够了。从旁边的那面大镜子里，阎丽看到了自己的身体。那面镜子还是他们结婚时装的，关栋说想在“放松放松”的时候增加一些情趣——但现在看上去像个笑话了。是的，自己确实抵达了，不过这份抵达却不是关栋带来的，是自己给自己带来的，是自己埋藏太久的连自己都没意识到的欲望给自己带来的，关栋只不过是个支点。对于关栋刚才的表现，阎丽打了 59 分，不及格，他分明是在交作业，而且还交得那么浮皮潦草。那么自己呢？自己的表现呢？阎丽给自己的表现也打了 59 分，也不及格——说到底，她是要给关栋“放松”的，结果自己先“放松”上了。

阎丽想起来自己的另外一个闺蜜。她和自己聊过，说跟老公“放松放松”的时候她从来就没抵达过，每次都是捏着嗓子取悦他。那么自己呢，恰恰相反，抵达了却硬是装作没有——而且还没装好，当场就被识破了。凝望着镜子里的那个自己，阎丽恍惚了，她不知道是该替那个闺蜜悲哀还是该替自己悲哀。

阎丽去卫生间的时候，看见关栋又去了阳台上。阳台上的灯开着，他正蹲在那张摆放渔具的小方桌前又是扯线又是剪线的。阎丽本来想喊他的，不过到底也没喊，她想起了那个网络段子，说一个女的找她老公聊天，但是她老公很不耐烦，就对她说："让我一个人待一会儿，我想静静。"女的愣住了，问老公："静静是谁？"算了，关栋既然也想"静静"，那就让他去想吧，自己得睡了，明天还一天课呢，阎丽想。

冲完澡躺回床上，阎丽却睡不着了，怎么都睡不着了。是啊，她怎么能睡得着呢？关栋还在"坑"里呢！他关栋怎么能还在"坑"里呢？他不是工作忙、压力大、担子重吗？不是需要空间、需要自由、需要一个人待着吗？好，那就给他空间！给他自由！但是自己该做的能做的都做一遍了，他怎么还在"坑"里呢？怎么连一点儿"上岸"的迹象都没有呢？阎丽又一次恍惚了，难道自己没有魅力了，让他嫌弃了？还是他在外面有人了？就这么想过来想过去，又想过去想过来，后来她就睡着了。

第二天，起来化妆的时候，望着镜子里那个并不算老的自己，额头，眉毛，眼睛，鼻子，脸颊，嘴唇，下巴，胸，阎丽看不明白了，越看越看不明白了。这么多年来阎丽一直有这个自信，虽然纵向比——跟年轻时的自己比，现在她已经老了一些，不过横向比起来——跟身边任何一个年龄相仿的女同事、女同学或女朋友比，无论气质还是身材，无论穿衣还是妆容，阎丽从来都觉得自己不比她们差，捯饬捯饬甚至还算出类拔萃的。但她不明白，在关栋那儿自己怎么就成了手下败将呢？而且还是鱼的手下败将——是啊，如果哪个女的把关栋勾走倒也算了，自己也认了，问题是不是——它仅仅只是鱼，还不是“美人鱼”，怎么就会比自己的魅力还要大呢？

吵归吵，气归气，顶归顶，按说阎丽是不会怀疑关栋什么的，他又不是有多帅，又不是多有钱，又不是油腔滑调到处拈花惹草的那种主儿，有什么好怀疑的呢？何况他上班忙，加班也多，这些她都知道。不过事情总禁不住琢磨。阎丽琢磨开了，是的，明面上关栋一吃完饭就背着钓箱、扛着竿子出去了，但背地里呢？谁知道他是不是真去了？谁又能保证他不是打着钓鱼的幌子干别的勾当去了？再说了，就算他去钓鱼了，那钓上来的鱼呢？从他迷上钓鱼开始到现在怎么连个鱼毛都没见着？虽然他有时候说放了，有时候说没钓上来，真是他说的那样吗？

阎丽顺着这个方向想了会儿，但越想她越不敢往下想了——不过，越不敢往下想也就越想往下想了。阎丽还是往下想了，她想到了自己不愿意去想的那种情况，她几乎可以断定关栋的“坑”里并不是只有鱼——至于还有什么，那就不好说了。不过可以肯定的是，他的“坑”里藏着的即使不是一个女的，也十有八九是什么不可告人的东西。这个“女的”或者“不可告人的东西”，在阎丽心里一点点儿地大了起来。

那几天，阎丽上课时一直心神不宁的。一次模拟考试后，她罕见地骂了那几个答错题的学生，骂他们“猪脑子”。那道题是这样的，说有个渔具包，包内装有 A、B 两根鱼竿，长度分别为 3.6m、4.5m，包内还有绑好鱼钩的 a1、a2、b 三根鱼线，长度分别为 3.6m、3.6m、4.5m，若从包内随机取出一根鱼竿，再随机取出一根钓鱼线，问鱼竿和鱼线长度相同的概率是多少。这一类题目阎丽之前已经讲过很多次了，但那几个学生还是答错了，有的答 1/3，有的答 1/6，还有的答 1/9。

平静下来，阎丽意识到自己过分了，明明只是一道题而已，有必要那么骂他们吗？没有，完全没有，她是被“鱼竿”“鱼线”和“渔具包”那些跟钓鱼有关的字眼刺激到了，或者说，她是被关栋刺激到了。后来她又找到那几个学生跟他们道了歉。虽然平静下来了，不过事情总还在那里，怀疑也总还在那里，阎丽还是觉得不行，这么下去也不是办法，不把这份怀疑弄清楚，它就永远是个疙瘩，而且还是个死疙瘩。

阎丽想了个主意。当天像往常一样她还是该上班上班，该下班下班，该做饭做饭。她在等，等关栋下班，等关栋吃完晚饭，等关栋出门。

关栋照常上了班，照常下了班，照常吃了晚饭，接着又照常出了门。关栋出门后，阎丽叮嘱贝贝好好在家写作业、不要给陌生人开门，接着也跟着出了门——是的，她要看看关栋到底钓什么去了，是钓鱼去了还是钓“美人鱼”去了。关栋在前面走，阎丽在后面跟，他快她也快，他慢她也慢，就这么一前一后地来到了月湖边。

来月湖边夜钓的人多啊，简直可以用“壮观”来形容了，湖边凡是能下个脚的地方差不多都坐上了钓鱼佬，每隔两三米就是一个——有的钓位上甚至还不止一个，年老的，年中的，年少的，不分年龄，也不分阶层，他们都一动不动地坐在自己的钓箱或者小马扎上，一动不动地盯着自己的夜光漂。看见关栋在一处有水草的岸边停下来之后，阎丽也停了下来，她四下里望了一下，走到关栋后面十几米开外的那条长凳上坐下来。接下来，她要做的就是盯死关栋，他就是自己的“夜光漂”。

一坐下来，阎丽就看见关栋忙活开了，先是打了一桶水，然后开饵、搭钓台、绑线组、调漂，最后上饵、抛竿，接下来他就坐在那里一动不动了。再接下来，就是不停地抛竿、提竿、换饵。直到十几分钟之后，随着关栋猛地一下提竿，一条小鱼被钓了上来。再接着是摘鱼、换饵，又抛下去，又一动不动了。看了一个多小时，阎丽觉得这太无聊了，这么无聊的抛竿、提竿究竟有什么吸引关栋的地方呢？

阎丽现在坐不住了，她站起来，甩了几下胳膊，又踢了几下腿。关栋需要一动不动地坐在那里盯着他的夜光漂，自己可不需要，只要关栋——她的“夜光漂”——老老实实地坐在那里，不跑出她的视线范围就行了。阎丽四处走动着看了看。

在那一排排夜钓的男人们中间，阎丽注意到了一个女的，一个穿着波点裙子的女的。她就站在与关栋相隔十几米远的那个钓位旁边，手里捏着一柄抄网，她老公——她旁边那个握着一把竿尖儿呈弧形的竿子的男的应该就是她老公——刚中了一条鱼，现在正来来回回地遛着。阎丽朝那个女的走过去，装作散步的样子挪到她旁边。这时候那个男的已经把鱼遛翻了，正在一点点儿地往回拖，阎丽看见那个女的举着抄网伸过去，等她老公把那条半尺长的鱼快拖到岸边时，她一把就捞了上来。

摘掉鱼钩，那个男的顺手一扔，又把那条鱼扔回了湖里。呵，那么大一条，怎么又丢回去了？阎丽冲那个女的笑着问。扭过头来看见阎丽，那个女的也回笑了一下，说，毛子！毛子就不要了！不好吃！什么毛子？阎丽不懂她说的毛子是什么。就是鲤鱼！那个女的说。毛子，阎丽这才反应过来，原来鲤鱼还有这么个名字。你这是——出来遛弯儿呢？那个女的问阎丽。遛弯儿呢，阎丽点点头说，你们——阎丽本想说“你们夫妻”的，不过转念一想，如果他们不是夫妻那就尴尬了——是来一起钓鱼呢？刚说出口，阎丽就意识到自己这话问得太傻了，这不是明知故问么？还不是他！那个女的指了指那个男的说，没有一天不出来钓鱼的，我是没事过来看看。

看他们这样子，听他们这口气，应该就是夫妻了，阎丽想。哦，出来钓钓鱼也挺好的嘛，湖边风景好，空气也好！阎丽不知道自己怎么突然就冒出了这么一句，而且是这么言不由衷的一句。就是！就是！这时候那个男的扭过头来冲阎丽笑了一下，然后又冲那个女的说，你听听，听听别人是怎么说的，钓个鱼怎么了？钓个鱼就成罪过了？那个女的瞪了他一眼，把抄网往他脚边用力一扔说，得得得！那你就钓吧，好好钓吧，也别回家了，就在这里搭个房子自个儿过得了！那个男的说，你看你，又来了！又来了不是！那个女的说，天天钓，天天钓，我就搞不明白了……

现在阎丽明白过来了，原来这也是一对儿冤家，一对儿女的嫌弃男的天天出来钓鱼的冤家，而自己只是搭句话，却无意间点燃了他们之间的炮火。她非常不好意思地看了那个女的一眼，觉得有点儿尴尬，就又装作散步那样沿着原路折了回来。

重新坐下来，阎丽注意到关栋——她的“夜光漂”——还是一动不动地坐在钓位上，还是一动不动地在盯着夜光漂。阎丽又朝那对夫妻那边看了一眼,现在那个女的还在划拉着手势，还在冲她老公说着些什么，她老公也还在回着些什么。虽然听不见他们正在说着些什么，但阎丽可以非常清楚地知道他们正在说着些什么。看来遇到同病相怜的了，阎丽想，那个女的没有病，自己也没有病，但是她和自己却出其不意地在月湖边碰到了，出其不意地同病相怜了，她的气是和自己相同的，她的怨，她的不理解，她的不耐烦，也都是和自己相同的——而归根结底，那是因为她的男人是和自己的相同的，她的男人的这点儿爱好是和自己男人相同的。

看着那个女的，看着那个女的那种吵起来的架势，有那么一瞬间，阎丽突然感到一种从心底泛出来的轻松，一种有人替自己分担了某种重量的轻松。她又想，如果那个女的知道了自己的老公就在旁边钓鱼，自己是来跟踪他的，会不会也会感到一种轻松呢？说不定也会！阎丽不禁为自己的这个想法笑了笑。她起了身，沿着台阶一步步走上来。走到堤坝上面那条小路上的时候，阎丽又回过头来看了一眼，湖面上的那些夜光漂还在此起彼伏地闪烁着，关栋的夜光漂也还在闪烁着，他和其他钓鱼的人一样还坐在那里——还待在他的“坑”里，但是阎丽意识到自己已经“上岸”了。

同 行

1

列车员广播说前方即将到达兴安北站的时候，那个叫卡尔·弗雷德里克森的老头儿和那个叫罗素的小胖子已经成功地把气球飞屋降落在了南美洲的平顶山脉，现在他们俩一前一后地拖拽着那个气球飞屋，深一脚浅一脚地往传说中那个叫“天堂瀑布”的地方赶过去……赵立峰退出界面，关上手机，轻轻推醒了旁边的李扬倩。

她坐起来，揉了揉眼睛，又往赵立峰身上靠了靠问，到哪了？赵立峰说，这就到了。靠在赵立峰身上，李扬倩目光呆滞地望着前座的靠背怔了一会儿，又拧开水杯喝了几口，这才算是醒彻底了。她又朝窗外望了几眼，过了一会儿，才好像看清楚了外面已经暗下来的田野和一座座在暮色中一闪而过的房子，她说，天都快黑了呢！赵立峰晃了晃手机说，可不是吗，你都睡一下午了，我三部电影都快看完了。

这是一个小站，下车的人很少，赵立峰和李扬倩所在的这节车厢里就他们两个下了车。他们刚一出站，小周就迎了过来。赵立峰跟她寒暄了两句，然后把身边的李扬倩介绍给她说，我爱人李扬倩。小周亲热地喊了声“嫂子好”。李扬倩微笑着冲她点了点头说“你好”。赵立峰又把小周介绍给李扬倩说，这就是我跟你说过的小周，周柳，我们甲方黄总的助理。小周上前把李扬倩手里的拉杆箱接过去说，听赵老师说过嫂子好几次了，一直没机会见到，原来嫂子这么漂亮呢。李扬倩笑了笑。

赵立峰也笑了笑。他发现这个小周现在真是越来越会说话了，一句话就说到妻子心坎里去了，不但说到她心坎里去了，还自然而然地把他也抬了出来，不露痕迹又恰到好处地从侧面烘托出了他对她的那份感情。赵立峰很清楚，在李扬倩那儿他对她怎么样是一回事，而她从别人那里听到的他对她怎么样则又是一回事。

因为没有孩子，流产后一直都没有再怀上，李扬倩觉得赵立峰不热乎她了，不爱她了，甚至怀疑他在外面有别的女人了。不过那并不是事实，赵立峰确实想要个孩子，随着年岁的增长，这种想法也一天比一天强烈，不过李扬倩怀不上他又有什么办法呢？是的，该做的都做了，现在他只能接受眼前的现实，并寄望于命运之手带来的某种改变——而不是像她胡思乱想的那样在外面跟别的什么女人生一个。

小周把车子停在了站前那个小停车场外面的马路边，那是一辆银灰色的七座别克商务车。放完行李，拉开车门要坐上去的时候，赵立峰才注意到最后一排的座位上还坐着三个人，那是一家三口——一个看上去比他年龄要大一些的男的，一个看上去跟李扬倩年龄差不多的女的，还有一个小男孩。那个男的正在玩手机，那个女的也是，那个小男孩伏在那个女的腿上睡着了，歪着头，一只手里还抓着一袋已经开了封口的薯片。赵立峰愣了一下，本能地往后退了两步，把身后的小周露出来。

小周走过来，指着那对男女给他们介绍说，赵老师，这位是吴哥，我们黄总的表哥，这位是吴哥的爱人赵姐，他们一家也是来旅行的，接下来的这几天我们就一起结伴而行了哈，大家一起玩才好玩，也好有个照应……接着，她又把赵立峰和李扬倩介绍给后座上的那对男女。他们轻轻点了一下头算作是打招呼，于是赵立峰和李扬倩也回点了点头——既然对方没有要握手的意思，他们也不好贸然伸手。

本来，赵立峰还以为这趟旅行只有他和李扬倩两个人呢——最多再加上小周，现在倒好，突然又冒出来了这么一家子——尤其是他们还带着个孩子。孩子……赵立峰在心里抽了一下。不过他也很清楚，来都来了，现在他们也只能接受这样的安排，毕竟他们的这趟旅行是黄总安排的——他们没有花一分钱，毕竟那个吴哥是黄总的表哥，而自己只是他的乙方，表哥和乙方，孰轻孰重，孰近孰远，一目了然。

小周说，大家饿不饿，要不要吃点儿东西再上路？路上还要开两个多小时呢！赵立峰说，不饿，我们在火车上吃过了。那个吴哥和赵姐也说不饿。小周说，那就出发了，到了我们再宵夜，我让民宿那边都准备好了，到了吃烧烤。她发动车子，沿着停车场前的那条小路缓缓开上了大路。现在天已经黑了下来,赵立峰看见淡蓝色的暮霭正在从广阔无际的四野里降落着，罩在远处那些已经亮起灯火的房子的屋顶上；而再远一些的半空中，飘浮着一片被刚刚落下去的夕阳返照成绛红色的云彩。

半个小时后，车子上了高速。过了一会儿，赵立峰就听见背后响起来一阵接一阵的鼾声，是那个吴哥。接下来，在那阵粗长而均匀的鼾声和鼾声的间歇里，赵立峰又听见几声清脆的嘎嘣声，是那个赵姐，她开始吃薯片了——之前她还说了不饿的。望着窗外那些不断后退的暗蓝色，赵立峰又想起来歪着头伏在赵姐腿上的那个小男孩，他手里的那袋薯片……以及接下来这几天的旅程。赵立峰看了看李扬倩，她也睡着了，睡了一下午现在又睡着了，跷着腿，缩着身子，陷坐在比她宽大了一倍的那张真皮座椅里。赵立峰从脚下的双肩包里摸出来一件卫衣，给她盖上了。

下了高速，车子又开上了一条山路。这是一条有很多S形弯的山路，两边都是被挖得坑坑洼洼的那种山体截面，以及一张张防止山石滚落的绿色丝网。小周把车子开得飞快。过了一会儿，赵立峰注意到那件卫衣从李扬倩身上掉了下来，现在她已经坐了起来，捂着嘴，一副想要呕吐的样子。赵立峰小声问她，晕车了？李扬倩点了点头。赵立峰连忙坐起来，对前面的小周说，小周，停下车，你嫂子要吐了！

一拉开车门，李扬倩就“哇”的一声吐了出来。赵立峰慌忙下了车，从车前头绕过去，轻轻拍打着她的后背。那摊白色呕吐物掩蔽在路边的荒草间，但并没有被山间一股股凛冽清爽的冷风冲淡，反而显得更刺鼻了。喝了几口水，李扬倩还是想吐，她又靠着赵立峰蹲了下去。现在，赵立峰听见车上的那个小男孩也醒了，他正在嘟嘟囔囔地问他爸或者他妈“到哪里了？

怎么不走了？是不是车子坏了？没油了？要不要去加油啊？”之类的问题。那个赵姐小声地跟他解释说，是坐在前面的那个阿姨晕车了，正在外面吐呢。紧接着，赵立峰就听见从车里传来一声奶声奶气的呕吐声——一准儿是那个小男孩模仿着李扬倩在吐，赵立峰想，他肯定还张着嘴巴、伸着舌头模拟了一副呕吐的样子。赵立峰回头往车里看了一眼，不过他没工夫去理会这些。

等李扬倩好一些了，赵立峰把她扶上车，又翻出来一片茶苯海明片给她吃了。

车子一开，那个小男孩又打起了游戏。音量开得很大，警报声、流水声、警车捕获金币的叮咚声以及各种各样的音效不停地从后面传过来，吵得赵立峰心里乱乱的。有好几次他都快忍不下去了，想转过头来对那个小男孩说让他小声点儿，不过每次话到嘴边他又咽了下去。算了，赵立峰对自己说，他想到了黄总，想到了黄总的表哥，又想到了黄总上个月才终于给他结清的那笔拖了很久的设计费的尾款……

到达猫儿山脚下那家民宿酒店的时候，已经快十一点了。登记完住宿，小周又张罗着大家去吃烧烤。赵立峰本来也有些饿了的，不过李扬倩说没胃口，于是他只好陪着她回了房间。

一进门，李扬倩就直接上床了，连每天都要洗的澡也没洗。等赵立峰洗完澡出来，她已经睡着了——蜷缩在被子底下，露着两只光溜溜的脚，看上去就像一个早早就没了母亲的女儿。赵立峰呆呆地望着她看了一会儿，从心底涌上来一股怜惜之情，他把李扬倩的脚放进去，掖好被角，把那盏橘黄色的床头灯旋到最暗，最后摸出来烟和打火机，蹑手蹑脚地拉开了里侧墙壁上的那道推拉门。

外面是个露台，凛冽清冷的空气中浮游着一股股香甜的味道，赵立峰知道那是山野之中的味道。远处，一条黝黑的山脊线在暗蓝色的夜空中蜿蜒起伏着，上面是点点繁星。点上一支烟，抽了两口，赵立峰又听见隐隐的流水声——那应该是一条小溪……环境不错,看来这次把李扬倩带出来玩几天是来对了，她平时太忙了，要照顾自己年迈多病的父母，要带四个研究生写毕业论文，还要忙活自己的课题，家里一头，学校一头，一年到头忙得脚不点地，接下来她终于可以好好放松几天了。

但是，一转念赵立峰又想到了车上的、住在隔壁的、现在正在吃烧烤的那一家子。他们不认识他们，他们也不认识他们，素不相识的两家人却被凑到了一起，真是个别扭的组合——尤其他们还带着个孩子。孩子……赵立峰心里又抽了一下，呆望着指缝间的烟气一点点散进周围的夜色里。过去的这些年里，他和李扬倩一直都避免去有孩子的场合，避免谈及与孩子有关的话题，现在好了，接下来这几天那个孩子将会成为他们眼前一个挥之不去的存在，提醒他们身边缺少一个同样的存在。

透过玻璃推拉门，赵立峰看到李扬倩已经睡着了。她弓着身子，屈着腿，脸朝向自己这边，那盏床头灯在她脸上打上了一层橘黄色的柔光，把她那些本来就轮廓分明的五官渲染得更有雕刻感了。现在，晕车和一天的劳累让李扬倩睡着了，十分平静地躺在那儿。不过，赵立峰却无论如何都平静不下来，接着又摸出来一根烟。

2

南方就是这一点好，虽然现在已经到了深秋初冬之交，北方早就是萧瑟一片了，但是这里却还保持着一派青山绿水的样子——大片大片青翠欲滴的竹林，缓缓流淌的清澈见底的小溪，随时映入眼帘的奔泻而下的飞瀑和流泉，以及这一处那一处或蓝或绿的深潭，让人仿若还置身于春夏时节。第二天吃过早饭，小周安排大家去参观漓江源大峡谷。这是一处尚在施工收尾阶段的景点，还没有正式对外开放，不过因为黄总和承包景区的老板有一些合作，于是小周就让他们过来先睹为快了。

沿着山间栈道往里走的时候，尽管一再提醒自己不要去注意那个男孩子——把他当成一团空气就好了，然而，赵立峰却发现实际上很难做到这一点。今天天气很好，阳光灿烂，那个男孩子穿了一件绣有皮卡丘图案的橙黄色抓绒衣，赵立峰在不经意间瞟过他几眼之后，发现他那件抓绒衣就像是粘在了自己眼球上似的，无论看到哪里，看着什么，都不得不透过那一块小小的橙黄色。而接下来赵立峰就更知道了，最难不去注意的其实还不是那个男孩子，而是那个赵姐。因为一进入景区，她就滔滔不绝地跟小周说起了她儿子——直到这时候赵立峰才知道，那个小男孩叫罗汉——更准确地说，他也不知道是不是“罗汉”那两个字，只是听起来很像。

说起罗汉来，赵姐简直是刹不住车，说他如何如何懂事，如何如何优秀，如何如何比同龄人早熟，又如何如何富有音乐天赋……后来他们走累了，在半山腰一个亭子里坐下来休息的时候，她又说起来他学了多少多少单词，背了多少多少古诗词，拿了多少多少奖状……到最后，就连罗汉不挑食、早睡早起、很讲卫生这样的生活习惯都被她拿出来说道一番。一句话，她手里牵着的就是个不折不扣的天才。

这样的宝妈赵立峰见过，他的那些女同事和女同学中间就有不少。赵立峰很不理解这一点，都受过高等教育了，已经是当代女性了，可以顶半边天了，然而她们还是心甘情愿地做个老妈子，她们的眼睛里、嘴里、心里好像只有自家的孩子，一天到晚地在朋友圈里炫耀自家孩子的这个那个、那个这个，仿佛她们的生活中只剩下这一件事。后来赵立峰实在看不下去了，就把她们都屏蔽了。赵立峰知道，说到底，这其实就是一种补偿心理，自己没有什么可以炫耀的，于是就千方百计地用孩子在别人那儿赚一些存在感——这很可怜，自己和李扬倩决不会去做这样的父母。

说着说着，赵立峰看见赵姐突然停下来，冲李扬倩和自己望了一眼，那意思就像是说——我说完了，现在该你们了，你们家是男孩还是女孩？几岁了？读几年级了？学习怎么样？有什么特长？李扬倩没有接她那一茬，赵立峰也没有。赵立峰拿起桌上的烟和火，躲到一旁去了。但好像故意说给他们听似的，这时候赵姐又说起罗汉在班上怎么怎么受欢迎，而且还提高了音量……赵立峰在旁边冷冷地望着她。

往里面继续走的时候，赵姐又牵起了罗汉的手。她一路走一边把他们牵在一起的手荡来荡去的，就好像手里牵着个孩子也是什么了不起的成就似的。看着他们荡来荡去的两只手，赵立峰不禁想，她一定是荡给自己和李扬倩看的——因为她有孩子可以牵，而自己和李扬倩没有。是的，从赵姐刚才望他们的那一眼里赵立峰就感觉到了，她仿佛有足够的眼力能看穿他和李扬倩了，甚至可能已经看穿了。

赵立峰不知道接下来赵姐还会怎么样，会不会直接问起自己和李扬倩的孩子，问起了又该怎么回答。丁克，就说我们是丁克，赵立峰想，一定要抢在李扬倩前面这么回答她，现在的丁克夫妻不少，这个回答既可以掩饰自己和李扬倩不愿触及的那个部分，又可以让她闭嘴。但是接下来，赵姐并没有问起来他们什么，一直到中午吃饭的时候都没问。赵立峰多少有些失望，而这一点，反过来更让他觉得她已经看穿自己和李扬倩了——有好几次他在从赵姐面前经过的时候都感到一阵心虚。

中午，他们是在一家高档度假酒店吃的饭。吃到一半的时候，赵姐又说起了罗汉上的培训班。——现在的培训班贵死了，她冲小周说，你看看，罗汉报了个钢琴班，每周就上两节课，两千块就没了！小周说，我们家贝贝上了个书法班，一个礼拜还得五百块呢，不过也没办法，大家都在上，也不能不上啊。还不光是培训班的钱呢！赵姐又说，罗汉的钢琴老师说了，平时还要多练习，我们又给罗汉买了台钢琴，贝克斯坦的，花了将近三万，不过也该花，老师说罗汉的乐感好，有潜力……

赵立峰听出来了，她的良苦用心在这儿埋着呢，绕了那么远，说了这么多，最后她还是把重点又落回到了罗汉身上，还是为了夸自己的孩子有多棒，有多优秀。

这时候，赵姐又拿出来手机。她上上下下地划拉了几下，接着点开一段视频，举到小周面前说，喏，这就是罗汉上个月底去市里参加的钢琴比赛，他发挥得非常不错，还拿了个二等奖呢……给小周看完之后，她又把那段视频重新点开，又举过来给李扬倩看……赵立峰不禁皱了皱眉，他没想到这个赵姐竟然还找上门来了。

赵立峰没有看，他把头别过去，望向旁边——旁边是正在闷头吃菜的吴哥。赵立峰注意到，这是一个相当普通的男人，衣着普通，相貌普通，气质普通，普通到赵立峰这一路上几乎忘记了他的存在。望着他闷头闷脑的样子，赵立峰不禁想，一个男人会被他身边的女人影响多少，是的，这个影响太大了，跟一个庸俗不堪的女人生活在一起，他不免也会庸俗起来，他的尖锐和棱角会被一点点磨平，他那张在人群之中曾经出众的脸也会日复一日地普通起来——就像现在这样，泯然众人矣。

等李扬倩看完了视频，这时候赵姐突然问她，你们家孩子呢，报的是什么班？

赵立峰心头一紧，连忙转过头来。他正想跟她说自己和李扬倩是丁克，不过现在已经来不及了，他听见李扬倩对赵姐吐出来三个字——舞蹈班！赵立峰吃惊地看着她。李扬倩继续说，不过学得不行，比不上罗汉……哪里！肯定比罗汉强多了，赵姐笑笑说，你们家女儿几岁了？读几年级了？她又追问起来。七岁，一年级！李扬倩淡淡地说，就好像她说的是真的一样。哦，那这次怎么没带她出来呢？赵姐又问。她跟爷爷奶奶在家呢，李扬倩说，说完她扎了一块哈密瓜专心致志地吃起来。

现在，看着李扬倩，赵立峰好像突然不认识她了。他不明白李扬倩为什么要编这套瞎话，是为了堵赵姐的嘴？为了她和自己面子上过得去？还是她突然受了什么刺激神经错乱了？赵立峰在桌子底下悄悄捅了一下李扬倩，又凑到她耳边小声说，你疯了？李扬倩白了赵立峰一眼，又转过来凑到他耳边压低声音说，你才疯了呢！

快吃完的时候，赵姐注意到了摆在餐厅一角的那台斯坦威钢琴。呵，斯坦威呢，她指着那台钢琴对罗汉说，罗汉，给我们大家弹一曲怎么样？弹个《献给爱丽丝》嘛，或者《快乐的农夫》，再不然就《哥布林之舞》，哦，还是《献给爱丽丝》吧，你上个月弹这首还拿了奖的……去嘛，我们都想听呢，快去！她环视了一圈，又带头鼓起掌来。小周也跟着鼓起掌来——李扬倩没有鼓掌，赵立峰也没有。

罗汉不好意思地笑了笑。赵姐又催他，但罗汉还是没有起身的意思。赵姐放下筷子说，那妈妈陪你一起去！她嚯地站起来，走到那台钢琴边上一把打开琴盖。

真奇葩！这时候，赵立峰实在不想再看她表演了。他走出餐厅，走到外面那条有玻璃幕墙的走廊上去抽烟。他打着火，但是点了两次才把烟点着。这个世界上还真是什么人都有，有的人炫富，有的人炫美，有的人炫技，现在好了，还有人炫子了——而且竟然炫耀到这种程度。操！赵立峰朝着餐厅的方向压低声音骂了一句。

一根烟抽完，赵立峰又摸出来一根，他想等到罗汉弹完那首每个音符都泛滥着赵姐母爱的《献给爱丽丝》之后再进去。不过，也不知道是什么原因，那阵琴声一直都没响起来。几分钟后，赵立峰发微信问李扬倩，弹完了？没有！她回复说，钢琴是坏的！钢琴是坏的，赵立峰看着这句话笑了。望着远处莽莽苍苍的群山，赵立峰又笑了一会儿，他想到一个成语——苍天有眼；而回想起刚才赵姐掀开琴盖的样子，那副高调晒娃的架势，赵立峰又想到一个成语——其心可诛。他狠狠吸了一口，朝着群山把那股烟气喷出去。这时候，一阵冷风灌过来，呛得他咳嗽了几声。

这是一家依山而建的餐厅，赵立峰站着的这个走廊，下面正好是那面缓缓矮下去的山坡，山坡上光秃秃的，只长着一株叶片已经枯黄了的竹子。赵立峰又咳嗽了几声，并用力吸了吸喉咙，最后吊出来一口浓痰。他用力把那口痰朝下面吐出去。接着，赵立峰就看见那口浓痰准确地粘在了一片叶子上，把它压弯了，并顺着它弯下来的弧度垂落下去，垂落下去，在午后的阳光里拉扯出来一条晶亮晶亮的丝线。

3

上面是湛蓝湛蓝的天空，下面是白雪皑皑的山坡，纯粹的蓝和纯粹的白互相映衬着。现在，赵立峰眼前是这片纯粹得仿佛只由蓝和白两种颜色和质地构成的世界。而极目远望，则是一种更深沉的蓝和一种更更深沉的白，它们好像正在释放一种升华的力量，要把赵立峰往更高更远的地方拉过去。赵立峰感到一种穷尽千里的辽阔，一种人生至此的苍茫，一种夫复何求的满足。望着俯拾皆是的蓝和白，他有一种前所未有的轻松；而具体说，是他已经完全忘了这两天的不愉快，忘记了赵姐，忘记了罗汉，甚至也忘记了身边的李扬倩。这里是华南之巅，海拔 2141 米的猫儿山山顶，山顶最高处的那个红色字碑旁边。现在赵立峰享受着这个纯粹的世界。

几分钟后，看见从那段石阶下面冒出来的赵姐时，赵立峰对李扬倩说，下去吧！

等他们一下来，赵姐一家就占领了山顶，占领了那块红色字碑。现在，他们开始跟那块写有“华南之巅，海拔 2141 米”字样的红色字碑合影，好像他们上来的目的就是为了跟那几个字合影，然后 P 图，发朋友圈，进而收获几排密密麻麻的点赞。一个字，俗！赵立峰看见，赵姐摆弄出各种各样的造型，一下子做展翅高飞状，一下子做昂首挺胸状，一下子又做双手合十状……她自己拍完还不算，又让吴哥去拍，接着又让罗汉去拍，并指导着他们摆弄出在她看上去最有范儿的姿势……赵立峰摇摇头，眼前的这一幕又把他从那个只有蓝和白所构成的纯粹世界里拉了回来。

给罗汉拍照的时候，赵姐让他比 V，一个 V 还不够，她让他又比了一个，一手举着一个 V，看上去就跟投降似的……

赵立峰不知道这个手势有什么好的，有什么胜利可言的——难道赵姐的意思是说，拥有一个这样的儿子也算是他们的胜利么？

昨天炫耀一天了还没够，现在又开始了。望着双手比 V 的罗汉，以及举着手机到处寻找最佳拍摄角度的赵姐，赵立峰有一种被挑衅的厌恶感。有那么一瞬间，他甚至冒出这样的念头——如果有一阵风吹过去，罗汉一不小心没抓稳，或者只有他和罗汉在的时候他轻轻地从背后一推，那么罗汉就会像一颗石子一样滚落进万丈悬崖，下落，下落，再下落，直至“嘭”的一声，变成皑皑白雪上的一个小黑点。是的，如此一来，赵姐就没什么可炫耀的了，他们就跟自己和李扬倩一样了，两个家庭就彻底平等了。想到这里的时候，赵立峰笑了笑，他产生了一种报仇雪恨式的快感。

等吴哥一家下来了，小周提议大家一起在下面的石壁前合个影。本来赵立峰是不想合的，有什么好合的呢，而且是跟他们合。不过他一时也没想出来不合的理由，于是也就只好站了过去——他正好站在了罗汉旁边。侧望着罗汉白皙娇嫩的脖颈，脖颈上那层微黄的细密汗毛，他不断呼出来的那团白气，以及他转过身来时那双闪着两个小光点的眼睛，赵立峰的心里不禁一颤——他突然意识到了他还是个孩子。

赵立峰为刚才的想法吓了一跳，也为从心底某个他从来没注意到的地方冒出来这样的想法吓了一跳，他发现自己身上还潜藏着那么邪恶歹毒的一面。是的，一码归一码，赵姐是赵姐，罗汉是罗汉，自己怎么能恨到罗汉头上呢？而且还是置他于死地的那种恨。这么一想赵立峰又自责起来。虽然现在罗汉好好的，真真切切地站在那里——一只小手就攥在赵姐手里，但赵立峰却觉得自己已经成了把他推下悬崖的那个人，成了把他吹进悬崖的那阵风，成了他一不小心没抓稳的那个“一不小心”。

像被扎了一下，赵立峰转过身来下意识地抓了抓。他抓到了李扬倩的手，李扬倩的手小巧、温热、实在而具体，让他感到一种踏实，李扬倩的手——或者说那种小巧、温热、具体而实在——从某个地方把他拉了回来，从地狱的某个隐秘角落。

接下来，在下山的这一路上，也许是出于一种补偿心理，也许是出于一种自我暗示，赵立峰一直都想对罗汉表示点儿什么，一个笑脸，一声提醒，或者是一句玩笑。他默默地走在罗汉身后三四米远的距离，望着他的后脑勺等待着那个可能会随时出现的机会——不过，因为赵姐一直在牵着罗汉，赵立峰并没有等到那个机会。

下午，在去一个茶园参观的路上，赵立峰又一次默默地走在了罗汉身后。那是山脚下的一片野生老茶园，通往茶园的是一条弯弯绕绕的小山路，两边长满了荒草和低矮的灌木丛。罗汉一边走一边在草丛里寻找着什么。赵立峰装作很好奇的样子走上前去问，找什么呢？罗汉看了他一眼，指着草丛里说，蚱蜢，这里有好多小蚱蜢！听他这么一说，赵立峰才注意到草丛间蹦来跳去的那些小蚱蜢——绿色的，灰色的，尖头的，平头的。赵立峰想起来了，那些平头的叫“警察”，那些尖头的叫“老扁”。望着那些熟悉而又陌生的小蚱蜢，赵立峰笑了，小时候他可是没少捉过它们。

那时候他是村里的孩子王，经常领着一大帮大大小小的孩子疯玩，捉蚱蜢是他们最擅长的。他们还经常比谁捉得多，赵立峰很多时候都是第一，捉到了，他就用一根狗尾巴草从那些蚱蜢脖项里穿起来，一串串地提溜着。等分出胜负，他们就在路边生一堆火，把那些蚱蜢烤了吃——赵立峰还记得蚱蜢背部的那一小块肉特别好吃，那时候条件很艰苦，馋了，他们就用这个办法为自己瘦弱的身子补充些油水。

一转眼，那种快乐的乡间生活就已经过去很多年了。赵立峰想了想，自己已经多少年没有再捉过甚至没有见过蚱蜢了？

二十年？三十年？恐怕三十年也不止了。不过，赵立峰还记得那个技巧——不能从后往前扑，而是要从前往后扑，蚱蜢的弹跳力极好，受惊时会一下子蹦出去很远，只有从前往后扑它们才会正好蹦到手心里。接下来，就像又回到小时候一样，赵立峰用这个办法捉起蚱蜢来，并且很快就捉到了三只，两只大的，一只小的——他把它们装在矿泉水瓶里，又在瓶子上凿了几个透气的小孔，摘了几片嫩草叶子丢进去。最后，赵立峰就把它们送给了罗汉。

这个礼物把罗汉高兴坏了，一路上都提着那个瓶子，不时停下来看两眼或者逗弄一下。从茶园回来的路上，赵立峰还听见他跟吴哥和赵姐炫耀起来，说自己一共有三只蚱蜢，两只大的，一只小的……又说它们就是一家三口，两只大的一个是爸爸一个是妈妈，那只小的是儿子……罗汉的这个说法，让赵立峰心里不禁一颤。

不过，看着罗汉的那股高兴劲儿，赵立峰的心里终究好受了一些。现在，他终于踏实了下来，他不再是把罗汉推下悬崖的那个人了，不再是把他吹进悬崖里的那阵风了，也不再是他一不小心没抓稳的那个“一不小心”了。赵立峰把自己拉了回来，从地狱深处的那个隐秘角落把自己拉了回来。是的，在某种意义上赵立峰对罗汉充满了感激，自己是他——至少是通过他——把自己拉了回来。而接下来赵立峰更没想到的是，他举手之劳捉到的那三只小蚱蜢，送给罗汉的那个礼物，除了让他在良心上好受了一些之外，他还从罗汉那儿得到了一个亲热的称呼——“蚱蜢叔叔”。

4

看得出来，那个吴哥虽然是个闷葫芦，虽然不会像赵姐那样炫耀儿子，但他对罗汉也宠爱得紧。中午从杀人寨瀑布回来，大家都很累了，坐在农家乐廊檐下的那排椅子上休息。过了一会儿，赵立峰看见吴哥跟罗汉走到外面的那片空地上，玩起了开飞机的游戏——昨天吃完早饭时，赵立峰就在餐厅门口看见他们玩过一次。

这是一个十分幼稚的游戏——起码在赵立峰看起来是这样的，不过这对父子却玩得非常投入。具体来说是这样玩的：吴哥蹲下来，从背后反手抓住罗汉的两只手，然后弓着身子站起来，一圈一圈地旋转，一边旋转一边加速，等加速到一定程度，罗汉的双脚就慢慢离开地面，缓缓上升，上升，最后在吴哥的背后飞起来。一边飞，罗汉还一边“嗡嗡嗡”地模拟着飞机发动机的声音，吴哥也“嗡嗡嗡”地附和着他。

那个吴哥矮胖矮胖的，赵立峰注意到几圈下来他额头上就渗出了一层细汗，脚下也踉跄起来。最后他把罗汉放下来，喘着粗气说，没油了没油了，加了油再飞!

吴哥往廊檐这边走过来，罗汉跟在他身后。等吴哥坐下来的时候，赵立峰看见罗汉走到自己面前。蚱蜢叔叔! 他笑嘻嘻地喊了赵立峰一声，又张开胳膊——就像张开两只翅膀一样——对着他扇了扇。赵立峰这才明白过来，他还没飞够，想让自己跟他再飞一会儿。他迟疑了一下，不过最后还是跟着罗汉往那片空地走了过去。

一圈一圈地旋转，一边旋转一边加速……慢慢地，赵立峰就感觉到背后一点点轻了起来，罗汉的两只脚离开地面，缓缓上升，直至飞起来。罗汉一边飞一边用力蹬着两只小腿，同时“咯咯”地笑着，指挥着赵立峰一下往这边飞一下又往那边飞……虽然走了一上午的山路，两条小腿又酸又疼，赵立峰还是强忍着飞了很多圈。

是的，确实是赵立峰在拖着罗汉一边转圈一边飞，然而在某个瞬间他却又觉得并非如此，与其说是他在拖着罗汉飞，倒不如说是罗汉在拖着他飞——赵立峰感觉到有一种久违的轻快和明亮从他体内的某个角落里泛出来。除了小时候跟父亲在一起，赵立峰还从没玩过这么幼稚的游戏，不过现在他并不在乎幼稚不幼稚了，或者说他就要幼稚一回，就像小时候和父亲那样。现在，赵立峰觉得自己就像在背着小时候的自己飞，他成了自己的儿子，同时又成了自己的父亲……等他停下来时，他好像又成了罗汉的父亲——一种做父亲的感觉通过罗汉的两只小手向他传递过来。

把罗汉放下来时，赵立峰才注意到李扬倩正怔怔地盯着他和罗汉。但是在注意到赵立峰注意到了自己在盯着他和罗汉之后，李扬倩就把目光收了回去，移到院角的一棵龙血树上去了。哦，她一定是因为看见他和罗汉的那一幕想到别的什么地方去了，赵立峰想。他一边这样想着一边朝李扬倩走过去，紧挨着她坐下来，小声问她怎么了。没什么！李扬倩说道。不过她并没有把头扭过来，而是继续盯着那棵龙血树——赵立峰知道，那棵树没什么好看的，也知道她不是在看那棵树。

午饭十分丰盛，一道瘦身鱼火锅，一道冬笋炒腊肉，一道酸豆角炒小鱼干，一道荷叶粉蒸肉，还有一道土辣椒炒油渣，都是富有桂北特色的土菜。那个吴哥又要了两杯土烧酒，他和赵立峰一人一杯。不过赵立峰现在没什么胃口，他一边小口小口地抿着酒，一边从心底深处慢慢浮上来两个名字，一个是赵樱，一个是赵榕。赵樱，赵榕，赵立峰一直记得这是李扬倩怀孕两个月的时候给他们的孩子取的名字。

也不知道她怎么那么急，那时候，才怀孕两个月就让赵立峰给孩子取名字。赵立峰取了几个，她都不满意，后来李扬倩就自己翻着字典取。她把觉得不错的那些字眼都写下来，写了整整两页纸，又用排除法一个个排除，最后选定了“樱”和“榕”——女孩就叫赵樱，男孩就叫赵榕。赵立峰问过她为什么取这两个字，李扬倩说她最喜欢的花是樱花，最喜欢的树是榕树，她要在身边为自己种两棵树。她把这两个名字工工整整地写在小黑板上,又把字典里那两个字所在的那两页叠了个角。

谁也没想到的是，怀孕四个月的时候李扬倩流产了——是没有什么异常的自然流产。小黑板上的那两个名字，赵立峰是在李扬倩流产一周之后擦掉的——他怕她看见了会胡思乱想。那两个名字虽然擦掉了，不过那两个角却还一直叠在字典里，到后来，赵立峰也忘记了这一点。那本棕黄色封皮的《康熙字典》是赵立峰有一次从旧书摊上淘回来的，一直放在他们家那张书架最上面一层最左边的那一格，几个月前赵立峰还注意到它了，他又想到了那两个名字，那两个叠角。他悄悄地把它们都展平了——不过已经展不平了，因为叠得太久，那两道折痕已经成了书页的一部分。

那次流产之后，他们又尝试过很多次，但是一直都没有成功。赵立峰和李扬倩都去医院查了，问题出在李扬倩身上，医生说她是深部浸润性子宫内膜异位，很有可能再也怀不上了。再后来，他们也想过很多办法，甚至不是办法的办法，西医、中医，求神、拜佛，不过都没用，努力的结果无非一次次证明了医生的那个说法。

做好了做父母的准备，却一直没迎来让他们成为父母的那个孩子，这是这些年来赵立峰——当然也有李扬倩——最焦心的地方。因为没有孩子，他一直都避免和李扬倩谈及与孩子有关的话题，一直都避免去有孩子的同事、朋友和亲戚家里，也一直都避免去有孩子出现的场合，甚至连自己小区的后门他们都不走了，因为那里有一家幼儿园——赵立峰比谁都清楚，那一群群叽叽喳喳的孩子中间不会出现他们孩子的身影，幼儿园门口那些翘首以待的家长中间也不会出现他和李扬倩的身影。

李扬倩的怀疑是没有任何来由的。她怀疑赵立峰不爱自己了，在外面有别的女人了，甚至已经跟别的女人有别的孩子了。尽管赵立峰一遍又一遍地跟她解释也没用。

后来，在李扬倩对自己的怀疑到了难以承受的地步的时候，赵立峰也动过领养一个孩子的念头。他知道，他和李扬倩之间最大的问题其实就是孩子，只有孩子才能把他们之间的关系稳固起来，把家里那些空空荡荡的地方都填满，进而把他们心里那些空荡荡的地方都填满——事实上，也只有孩子才能把那些空空荡荡都填满。

在得知赵立峰有领养的想法后，一个在妇产医院工作的朋友帮他联系过一个弃婴。那是一个刚出生三周的女婴，她的母亲在生下她一周之后就神不知鬼不觉地消失了，自此再也没有回来。她很健康，胖乎乎的，大眼睛，右嘴角下面有一颗小痣，赵立峰在看到她第一眼时就喜欢上了——他自己右嘴角下面也有一颗小痣，他当时就拍了好几张照片发给李扬倩，后来还带她去医院亲眼看过一次。李扬倩一开始不同意，在赵立峰一遍又一遍的劝说下，一个月后她终于同意了。不过，在去办领养手续的最后一刻她还是放弃了。她说她还是过不去心里边那道坎，一个跟自己没有什么血缘关系的孩子，说到底，那终究还是别人的孩子……那还不如不要孩子。

下午是去龙潭江大峡谷。站在栈道上，看着谷底那一口口碧蓝的水潭，以及阳光在潭底折射形成的那一条条来回晃动着的金线时，赵立峰不禁又想起来那个女婴——如果当时领养了她，现在她也七岁了。现在她——赵樱——肯定也会跟随自己出现在这里，就像之前的罗汉那样在走路时一只手牵着自己一只手牵着李扬倩，或者就像现在的罗汉那样一声声地对着对面的悬崖大喊大叫……赵立峰听到那些叫声在崖壁间荡过去又荡回来，荡回来又荡过去，在罗汉停下来之后很久都没有消失。

午后的阳光从峡谷顶端照下来异常漂亮，在赵立峰眼前弥散出斑斑点点的七彩光晕。在一种白日梦般的幻觉里，赵立峰仿佛已经看到了她——六年前躺在医院蓝色小床上的那个粉嘟嘟的女婴，现在她已经长大了，长成一个花枝招展的小女孩了，穿着一身亮橙色的 HELLO KITTY 牌卫衣，扎着两条小辫子，大眼睛，右嘴角下面有一颗小痣，她就站在自己右前方的位置，一伸手就能够到的距离。是的，此时此刻她就站在那里，等着赵立峰伸手。赵立峰伸手往右前方的那片空无里捞去。

不用说，结果当然是徒劳的，因为除了一团空气之外赵立峰什么也没捞到。那团空气是清冷的、湿润的、凛冽的，但是它的清冷、湿润和凛冽并没能让赵立峰及时清醒过来，继而把伸出去的手抽回来——有那么一会儿，他仍然伸举着手臂同时曲张着五根手指停留在那里，仿佛停留得足够久了就能把那个花枝招展的女孩从面前那团空气中拉出来似的。这时候，走到前面去的李扬倩注意到了落在后面的赵立峰，她又走回来，扯了他一把说，怎么了你，像个指挥家似的站在这里搞什么呢？

5

今天是他们这趟旅行的最后一天了。更准确地说，是只有上午的半天了。他们的回程票是下午四点半的，这是出来之前黄总就订好了的。其实赵立峰还可以再多待几天的，他在他所在的那家建筑设计公司已经是合伙人的级别了，用不着天天去坐班。是李扬倩要在今天下午赶回去，快到年底了，学院里的一堆事还在等着她处理，她带的那几个研究生的论文还在等着她指导，她自己还有个课题在等着收尾。

上午这半天，本来李扬倩是不准备出来的，她想在民宿周围随便逛逛，或者就在房间里刷刷剧休息一下。是小周非拉了她和赵立峰出来，说一定要去灵山寺看看，那里的秋景很漂亮，现在银杏树都黄了，来一趟也不容易，不去看看可惜了。

灵山寺在半山腰的位置，一路上拐来拐去的，走到半道儿上李扬倩又晕车了。她一直强忍着，强忍着，到了寺庙门前停车场上的时候终于忍不住了，一下车就跑到垃圾桶边吐起来，不过又吐不出来，一直干呕着。赵立峰指着李扬倩对小周说，要不然你们去吧，我们就在外面等你们。那是一座看上去非常普通的小庙，冷冷清清的，只有一株株金黄色的银杏在院子里矗立着。赵立峰望着窄小的庙门想，算了，这种地方反正自己和李扬倩已经去过很多次了，看没什么看头，用也没什么用处。

但是，就在小周和吴哥一家准备进去的时候，赵立峰看见罗汉突然朝自己这边跑了过来。他跑过来，一边摇晃着赵立峰的手臂一边说，一起去嘛，蚱蜢叔叔！赵立峰指着李扬倩说，你先进去嘛，我们等会儿再去，你阿姨不舒服呢！赵立峰看见罗汉分出来一只手牵起李扬倩说，阿姨，走嘛，我们一起去嘛！他的动作自然而又不由分说，里面还带着那么一点儿撒娇的意思，就好像是在牵着自己父母的手一样。

赵立峰看了看李扬倩，李扬倩看了看罗汉，最后她勉强站起来说，那就去吧！

庙很小，也很破。说是庙，其实也就那么点儿大地方，两个侧殿，一个正殿。小周一边走一边介绍说，灵山寺有五百多年的历史了，供奉的是送子观音，很灵验，春夏天很多人过来拜，甚至还有人专程从广东过来拜，院子里人挨人人挤人，几乎都没有能下脚的地方了，不过现在淡季，人就少了很多……

正说着，就来到了正殿，赵立峰看见里面果然立着一尊观音像。那是一尊彩绘的木雕，观音菩萨头戴风帽，发髻高挽，光着两只脚，以一种游戏的姿态坐在一块石头上。不过，它身上的颜色已经快要被摸掉了，一只手臂也断了——只剩下一截光秃秃的臂弯空杵着。

这时候，就像发现了一个什么秘密似的，罗汉指着蹲在那尊雕像肩上和站在它脚边的那三个小童说，妈妈，你快看！他走过去，伸出来指头数着说，一个，两个，三个，一共有三个小孩，都是观音菩萨生的！别乱说！赵姐瞪了他一眼说，这样说对菩萨不敬。就是观音菩萨生的嘛，罗汉一边望着她一边嘟囔着，如果不是菩萨生的，那又是谁生的呢？赵姐没有理他，她走到观音像前，非常虔诚地跪了下去，一边念叨着一边磕起头来——磕完之后，她又摸出一张百元大钞丢进功德箱。赵立峰望着她冷冷地想，已经有个儿子了你还拜什么拜，难道还想生个二胎？

赵立峰定定地望了望那尊观音雕像，事实上，这些年来他和李扬倩已经拜过无数次了，走到哪拜到哪，不过并没有起到什么作用。算了，赵立峰在心里对自己说，要是灵验早就灵验了。但是接下来，他看到李扬倩也拜了起来。李扬倩拜得非常虔诚，也非常标准，每一个头都磕到了地面上，而且每磕一次两只手就像莲花状那样次第打开……拜完，她又站起来深深地鞠了一躬，双手合十，嘴角间一张一合地翕动着。赵立峰知道她在说些什么，同样的内容他也说过，而且不止一次。

从灵山寺下来，小周安排他们在住的那家民宿吃午饭。之所以这么安排，是因为一吃完她就要送赵立峰和李扬倩去车站了，吴哥一家也可以在酒店休息——他们还要再玩上几天。吃完饭，赵立峰和李扬倩提着行李出来的时候，看见吴哥和赵姐也出来送他们。尽管不太喜欢他们——尤其是赵姐，但赵立峰还是客气地跟他们道别了一番，甚至还假模假式地邀请他们有机会了一定去武汉玩，到时候可以带他们一家去看看黄鹤楼和长江……直到上了车，他才意识到自己的邀请有多假。

罗汉正蹲在餐厅门前的喷水池边喂鱼，赵立峰摇下来车窗朝他也挥了挥手说，罗汉，再见！罗汉正玩得起劲，头也没抬，只是扬起来手里的鱼食对他们晃了晃，就又沉浸到他的世界里去了。赵立峰笑了笑，小孩子就是这样，一转眼就被他更感兴趣的东西吸引过去了，自己也不再是他的“蚱蜢叔叔”了。小周把车子开出去，拐到门前的那条大路上。一转眼，那片竹林就把吴哥和赵姐遮过去了，把喷水池边的罗汉也遮过去了，这让赵立峰产生了一种如释重负的感觉，同时他也感觉到有什么东西从自己体内逸出去了，虽然并不清楚是什么，但他可以肯定有点儿什么东西。

开出去，望着外面莽莽苍苍的群山出了会儿神，赵立峰突然想起来出去的这一路上有很多弯，就拿了一片茶苯海明片给李扬倩吃了。一吃完李扬倩就睡了起来。

赵立峰没睡，他摸出来手机，点开那部没看完的《飞屋环游记》看起来……在通往天堂瀑布的丛林里，老头儿卡尔和小胖子罗素遇到一只色彩斑斓的大鸟凯文，一只会说话的小狗逗逗，以及探险家查尔斯·蒙兹，卡尔和罗素跟蒙兹展开了搏斗，最后他们和逗逗驾驶着蒙兹的飞艇回到了城市，而他们的气球飞屋则飘落在了天使瀑布边上，实现了卡尔和他亡妻一生的梦想……赵立峰看着看着就睡着了，在那阵似真似幻的迷迷糊糊中，他好像看见自己和李扬倩也实现了他们一生的梦想。

醒来后，赵立峰恍惚了一阵，望着两边被挖得坑坑洼洼的那种山体截面以及防止山石滚落的丝网，他产生了一种正在去猫儿山的路上的幻觉，好像他们不是出去而是正在进来，他们身后正坐着赵姐、吴哥和罗汉一家三口，吴哥正在打鼾，在他鼾声的间歇里是赵姐吃薯片的清脆嘎嘣声，而罗汉正歪着头伏在赵姐腿上睡觉……赵立峰忍不住回头看了一眼，后面的座位上空空的，只有透过车窗不断撒进来的点点光斑，以及一只矿泉水瓶子——他想起来，那正是他给罗汉装蚱蜢的矿泉水瓶。

现在那三只蚱蜢已经死了，都跷着腿，那几个透气孔和那几片嫩草叶并没有把它们的生命延续太久。这时候李扬倩也醒了，她看了一眼赵立峰说，什么？赵立峰晃了晃瓶子说，蚱蜢！李扬倩接过去晃了晃说，都死了呢！——哦，罗汉倒是挺好的，就是那个……赵姐太什么了，哎——也不知道她去拜了多少次菩萨，才拜出来那么大的福报，生了一个那么好的儿子，李扬倩没头没脑地冒出来这么一句。小周在前面笑了笑说，赵老师和嫂子还不知道吧，罗汉不是赵姐生的呢！赵立峰愣了一下说，哦，那罗汉是赵哥的孩子？小周说，也不是呢，是赵姐领养的，她二十几岁的时候就因为子宫肌瘤摘除了子宫，不能生育了呢，吴哥是四年前才和赵姐结的婚……

赵立峰说，我还一直以为罗汉是他们俩的孩子呢，他跟他们俩长得那么像。小周说，一开始还不像，这两年才越来越像，可能成了一家人就会越来越像吧……

现在小周还在继续说着，不过李扬倩已经不再听了，把头扭向了她那边的窗外——赵立峰也是。赵立峰看见午后的天空湛蓝湛蓝的，万里无云，真是连一丝云彩也没有。窗外闪掠过大片大片的收割完之后只剩下一排排稻茬的金色稻田，一个农民正在赶着一头牛翻耕土地，都这个季节了，不知道他还要种什么，还能种什么。在那些稻田和稻田之间，有一条笔直的白色的水泥路，一直斜伸到远处的村庄里去了，一个黑脸膛的汉子正开着一辆装满黑皮甘蔗的手扶拖拉机，小山一样的甘蔗堆上坐着一个戴红头巾的妇女。赵立峰摇下车窗，让一阵阵冷风持续不断地吹进来。

维　修

我站在柜台外面，他坐在柜台里面。他背对着我，手里捏着一把螺丝刀，面前摆着我的笔记本电脑。它坏了。其实也不算坏，有两个按键不灵了，G键要很用力才能摁出来一个G，而L键轻轻一碰就会冒出来好多个L。对一个作家来说，没有什么比你费心巴力地想出来一个好句子却打不出来或打出来后还要再一个字一个字地删减更让人恼火的了；而对一个有强迫症的作家来说，那就更不能忍受了。

我看不见他的脸，只能看见他宽阔的后背和肩膀，他手上那些专心致志又小心翼翼的动作。越过他的肩头，我看见他把那些细小的螺丝一颗一颗地卸下来，又用小镊子镊进面前的硬纸盒里，十分规整地一排排摆放着，已经摆了三四排了。

他的儿子——从年龄上看应该是他的儿子，就坐在他旁边那张蓝色的塑料凳子上，目不转睛地盯着墙边的那台电脑，里面正在播放着一部什么动画片。小男孩坐着一把凳子，怀里还抱着一把，一边盯着屏幕一边一上一下地晃动着怀里那把凳子，对他来说，它已经部分具有了玩具的功能。外面正在下着淅淅沥沥的小雨，我注意到时不时有人或者车从店门前的那条胡同里快速穿过去。这是一个周日的下午四点。

一台机身上喷涂着“全自动智能压屏机”的白色机器，摆在他面前那张长条桌的最右边一侧。跟他一样，现在它也在工作着——尽管看上去并非如此，但每隔五分钟就会发出来一次的长长的放气声会提醒你，它确实是在工作着。在过去的这半个小时里，那种长长的放气声已经响起过很多次了，现在我接受了并习惯了它的存在，它已经成了我心里某种隐然的节奏——不知道对他们来说是否也是这样。

现在，他面前的硬纸盒里已经快摆满了，但是他还在卸螺丝。我从柜台外面的那两把椅子中抽出来一把，坐下来，透过店门口那道帘子的缝隙望着外面的那条胡同，望着细密的雨水和雨水中那些从左边进入右边或从右边进入左边的人和车。

门帘正对着一座破旧的院子。院门敞开着，但是没有人走出来，也没有人走进去，起码在我盯着的那段时间里是这样的。院门两侧的墙壁上，各喷涂着一个红色的带圆圈的“拆”字，这让它们显示出某种对称。院子里面有一棵高过院墙的构树，枝叶间已经挂了果，但绝大多数都还是青色的，只有最顶上的那几颗变红了，果肉外露着，黏糊糊的。那很甜。不过，这年头已经很少有人知道它可以吃而且还很甜了。

很多年前，在我还很小——就跟柜台里面那个小男孩年龄差不多——的时候，我就吃过那些果子。比现在这个季节再晚上半个月到一个月的时候，周末，父亲从镇上粮店回来的那一天半里，午后我们经常到长有几棵构树的那段河沿上去散步。熟透之后的构树果子是艳丽的，他说那很甜，他还会爬上其中的一棵，踩住一根结满了熟果子的枝条，把它慢慢地压向我，好让我站在地面上就能够到。那很甜。

你是九六年的啊？过了一会儿，注意到墙上挂着的“门前垃圾承包责任书”以及姓名栏里的“赵斌权”和年龄栏里的“二十五岁”时，我冲着柜台里面问。哦，不是，他捏着一颗螺丝回头说，那是好几年前的了，我九零年的。那你今年三十二岁了，我说，说完我才意识到这是一句废话。我比你大七岁，过了一会儿我又说，我是八三年的。

他没吭声，现在他已经把键盘取下来了。他转过来举着它说，你这个是 2016 版的，这种属于整体键盘，每个按键下面都有芯片，要换只能整体换，不能单独换按键，我这儿有现货，一副键盘五百块，你看？我犹豫了下，不过还是点了点头。哦哦，还有一百块的手工费一个小时五十块，光是螺丝就有两百多颗，所以费用要贵一些，他又解释道。我又犹豫了一下，不过最后还是又点了点头。是的，我只能又点了点头。毕竟相比于换一台电脑来说，这个价格已经算是很便宜了。

他打了个电话，让对方送一副我那个型号的键盘过来。他电话的音量很大，我能清楚地听见电话那头的声音，那头说的也是五百块，跟他刚报给我的价格一样。

我不知道是因为他的电话音量开大了我才听见的，还是他调大了音量故意让我听见的。但是我知道，用这种猫腻坑骗顾客的店家并不在少数。我有好几个朋友都碰到过，我自己也碰到过。事实上你完全可以想象得出来，等你离开之后，对方就会把一个数目再返还给他们，一单一结，或者计件，半个月或者一个月一结。他们早就商量好了这一招。这是利润之外的利润。但是，即便如此，我又能怎么着呢？

很快，一个小伙子就骑着电动车送来了新键盘。一手交钱，一手交货，他当着我的面付了钱，确实是五百块。但我知道这并不能说明什么，眼见并不一定为实。

现在他开始安装了。我走到柜台里面，凑到他边儿上，看着他捏起那柄又细又长的螺丝刀，把硬纸盒里的那一排排螺丝一颗接一颗地装上去。哦哦，我的技术你可以放心，绝对不会弄掉一颗螺丝的，之前卸下来多少颗，现在就一定会安上去多少颗！他一边安一边说，好像已经感觉到了我的某种不信任。我信！我笑了笑说。

他是十堰人，独生子，在武汉读的大学，学的是通信专业，毕业之后就留在了这座城市。一直在某个非常著名的科技公司工作，搞项目，后来因为他所在那个团队的领导干的那些烂事——把拆下来的旧零件当新的卖等等——让他觉得很不地道进而很不踏实，于是就主动选择了离开，开了这家店。相比于之前，他的收入要少了不少，不过好在不用再像以前那么不踏实了。这是接下来和他聊天过程中我所得知的——在某种程度上，他的这些说法也让我降低了对这次会受到坑骗的担心。

爸爸，我要尿尿！这时候，我看见那个男孩子放下怀里的凳子冲他说。他看了看他，又看了看垃圾桶，接着走过去，从垃圾桶里翻找出一个矿泉水瓶子递给他。

这是你小孩？我指着他问他。是的。多大了？七岁还是八岁？八岁了，刚过完八岁生日！那应该上二年级了吧？对，上二年级了，就在前面一点儿那所小学。他说的那所小学我知道，我去过几次，前年我儿子本来也要在那儿上学的，但他妈妈嫌那儿的教学质量不行，她找了几道关系，最后把他弄进了一所市属的重点小学。

撒完尿，我看见他把瓶盖又旋上去，把那瓶尿丢进了垃圾桶，又用其他垃圾一层一层地把它埋住了。接着他从柜台里面走出去，走到门口扒开门帘往外看了看。

小朋友，我走过去摸着他的脑袋问，长度单位你们学了吧？他很吃惊地看了我一眼说，你怎么知道的？我笑笑说，我考考你，一厘米有多长？他想了想，伸出右手的食指和大拇指，捏出一厘米长的空隙举给我看。他说，你怎么知道我们学了长度单位呀？我说，我不但知道你们学了长度单位，还知道你们语文课本的第一课是《小蝌蚪找妈妈》，第二课是《我是什么》，第三课是《植物妈妈有办法》，你说我说得对不对？他眨了一下眼睛说，咦，你是怎么知道的？我说，我当然知道了！

现在，他不再追问我是怎么知道的了，又走到外面那张带有侧柜的桌子跟前。我看见他拉开柜门，把里面的一个牛皮纸箱翻出来，把纸箱里的玩具一个接一个地拿出来，摆在桌面上。这是向日葵，这是豌豆射手，这是土豆地雷，这是卷心菜投手，这是闪电芦苇，这是玉米加农炮，这是海盗船长僵尸，这是牛仔僵尸……他既像是自言自语，又像是在给我介绍。事实上，不用他介绍我也知道，这些都是根据《植物大战僵尸 2》里面的角色开发出来的玩具。我家电视柜右边下面一格的抽屉里曾经也摆过同样的东西，我儿子的，我给他买的，在前年他过六岁生日的时候。

摆好之后，他走到那些植物后面，举起右手，指挥着它们向七个僵尸——其中一个是没有脑袋的——开炮。冲啊，杀啊，他奶声奶气地替它们呐喊道。等打完了僵尸，他又走到那些僵尸们后面，又举起右手，又指挥着它们向那些植物进攻。冲啊，杀啊，他又一次奶声奶气地替它们呐喊道。他一会儿走到这边，一会儿又走到那边，作为两大阵营的共同领导人，他要在植物和僵尸之间不停地切换领导身份。

过了一会儿，他走过去打扫战场，把那些他推倒的植物和僵尸们又重新摆好。我走过去问他，小伙子，仗打得怎么样，哪一队赢了？他先是一愣，接着又想了一下说，僵尸赢了！我说，为什么僵尸赢了？他说，因为我是僵尸这边的呀，我一直都是僵尸这边的！我说，你刚才不是也指挥了植物那边么？它们怎么没赢？他看了我一眼，又指了指柜台里面说，植物那边是爸爸的，刚才我是替爸爸指挥的，他在忙嘛。我笑了笑说，好啊，趁你爸爸在忙，你就学会欺负他啦！他不好意思地看了看我说，那好吧，那就让爸爸也赢一次吧！这时候，他爸爸也扭过头来笑了笑。

接下来，他让植物那边也赢了一次，然后又走向铁架子上的那两个变形金刚。喂，他指着它们冲我问道，你知道它们为什么不会掉下来么？我当然知道，刚才他把两块磁铁粘在它们背上的时候其实我就已经瞄见了。不知道，为什么呢？我装作很好奇的样子问他。你猜嘛，你猜！他说。哦，我知道了，我认真地看着他说，是不是你给它们施了什么魔法，把它们定在上面了？他不屑地说，才不是呢，告诉你吧，它们身上有这个！他把两个变形金刚都拿下来，指着它们背上的磁铁给我看。

他仰着头，得意地笑起来，他觉得他的“魔法”骗过了我。我也看着他笑起来。

还有这个，他又冲我说，我可以用指头挑着它不让它掉下来。他拿起一只平衡鸟，把它的嘴巴放在自己指尖上。我蹲下来，研究了一会儿那只平衡鸟，然后装作比刚才更加好奇的样子问他，怎么回事，你是不是在手上粘了胶水？他说，才不是呢，这个叫平衡鸟，它的重心一直在我手上，所以就掉不下去嘛，你看，我就是这样转它它也不会掉。说着，他就拨了一下平衡鸟的翅膀，让它快速旋转起来。

你这么小就知道什么是重心了？我问他。是爸爸说的！他又指了指柜台里面。

一个多小时后，他终于装好了新键盘。不过现在却出现了另一个问题，那就是开不了机了。哦哦哦，还要再接一下原装充电线才行，他说，你带了没有？我看见他额头上已经出了一层细汗。我说，没带，不是还有电么。他又重试了几下，还是不行。最后他为难地说，不好意思，我这里没有原装充电线，还得麻烦你去取一下，放心，用原装充电线充一下就好了。他与其说在安慰我，倒不如说是在安慰自己。

雨现在已经停了，路面上这一摊那一摊的积水里反射着清冷的七彩的光。现在到了饭点，很多人和车都显出一副着急忙慌的样子，我知道他们都要赶着去吃饭，将会在某个桌子前坐下来，但我不是。我用了十分钟回家，又用了十分钟走回来。

回到店里的时候，我注意到柜台后面多了一个跟他年龄差不多的女人。她坐在他旁边，那个男孩子靠在她身上，她面前摆着一盒包装好的生日蛋糕。今天是他的生日？又或许是她的？我知道不会是那个男孩子的。生日蛋糕旁边是一只塑料袋，上面印着第二人民医院的名字和标志。哦，她是医生，再不然就是护士，我猜。她应该是刚才下班之后过来的，等着他忙完之后一起回家。

我坐下来，并在坐下来的同时装作不经意地望了她一眼。我看见她也朝我这边看了一眼。接着她就把视线转移到别的地方去了。她肯定是他的妻子，他的妈妈。

他把充电线接上去，开始试验他所说的那个“充一下”。我默默地看着他，同时期待着他能成功，这样他们就能早些回家了，而我也是，我还有一篇明天不得不交的稿子要赶。这时候，我看见有一个小黄车从门前骑了过去，但很快又退了回来。

支好车，那个胡子拉碴的中年男人就撩开门帘走了进来，一股淋漓的水汽也跟着他一起钻了进来。他披着一件草绿色的雨衣，下摆处还在不停往下滴淌着雨水，外面的雨又下起来了。

哎，老板，我这个手机怎么回事啊？他走到柜台边，晃着手机冲里面问。手机怎么了？他问他，但是并没有回过头来。那个，对方有时候听不见，有时候又听得见，搞不懂！他嘟囔着。我注意到他卷曲的头发里也布满了细密的雨珠，在灯光下闪闪发亮。可以修！他说。上午明明还能听得见的，到下午就又听不见了，操他妈的，下午我给我前妻打电话，她一个字都听不见，气得我把手机摔了，屏幕都摔裂了，你看看还能不能修？他还在冲里面嚷嚷着。她抬头看了他一眼，皱了皱眉。

可以修，不过得等明天了！他说。多少钱？他问。拆开看了才知道，他说。太贵我就不修了，就去换个新手机了，我这个手机已经用五年了！他还在说，明天你在不在？几点在？下午在不在？在！一点半之后都会在！他说。不知道他是没听清还是没在听，接下来又这个那个地问起来，把能不能修、费用高不高、明天他在不在、几点在等等刚才就问过的问题又重复了一遍。她已经有些不耐烦了，我也是。

我撩开门帘走出来，走到对面那个院子的大门前，摸出来一根烟点上。现在，我能听见他还在里面问着他一些有的没的——哪里坏了、要换什么零件、大概要花多少钱，他也还在尽可能不表现出来不耐烦地回答着他。我不知道他到底是怎么回事，一个十分简单的事情，非要搞得那么复杂——如果换作我，我会三两下就把他轰出来，我知道对付有些人就得拿出来这么一副态度。不过，从某种程度上我也可以理解他，他要尽力去笼住每一个顾客，他要挣钱，他身边的妻子和儿子要花钱。

我抬头望去，那个挂着两片粉红色布帘的门面，是一家情趣用品店——与他的维修店仅仅一墙之隔。两片粉红色的布帘垂吊下来，一片上写着“无人售货”，另一片上写着“欢迎光临”，门帘里面，是更粉更红的灯光。两个穿着半透明粉红色裙子和黑色镂空裙子的塑料女模特守在店门口，搔首弄姿地站在一左一右的两个橱窗里面。

那个男的出来，骑上那辆小黄车准备离开时，我注意到他也注意到了那家情趣用品店。他朝那两个塑料女模特看了一眼，又骑到很近的位置看了一眼，然后嘟囔了一句什么我没有听清的话，接着就骑走了。很快，他又回过头来看了一眼，当然是看情趣用品店左右的那两个女模特。他没注意到正在盯着他的我。下一次再经过这里的时候，我猜他还会再看它们一眼；而某个夜深人静时候，或许他还会走进去。

叔叔，我爸爸叫你进来一下！我点上第二根烟的时候，那个男孩子从门帘里探出头来喊了我一声。我才突然意识到，在过去的几个小时里这还是他第一次这么喊我，而不再是“哎”“嗨”“喂”，或者别的什么。看来，在我离开的这一小会儿，或者之前回家去取充电线的那段时间里，他——又或者她——跟他说了一些什么。

我走进来的时候，他已经走到柜台后面，又靠到那个女的身边去了——现在她趴在了桌子上，脑袋往里侧歪着，身上披盖着之前一直穿在他身上的那件黑色外套。

现在他已经装好了键盘。我试了试，G键没问题，L键也没问题，所有的字母键都没问题。我松了一口气，我想他应该也松了一口气。但是，正准备合上电脑的时候，我又下意识地摁了一下那排数字键和那排快捷键。没反应，它们中间的任何一个键都没反应。我又摁了一遍，还是没反应。我又让他摁了一遍，也依然没反应。

不应该啊！他把那句“不应该啊”重复了好几遍，又把电脑转到面前，一个键一个键地都摁了一遍，像是在为他们注入某种魔力。我在一旁冷冷地看着他，同时为自己刚才都检查了一遍而感到庆幸。他上网查了一会儿，又打了两通电话，最后很不好意思地说，哦哦哦，现在搞清楚了，是系统问题，2016版的键盘还有个兼容问题，还要再装一个驱动软件，不然电脑会对新键盘有排斥……他从技术层面跟我解释起来。我没有接他的话，这是他的问题，我对这个完全不懂，也并不需要懂。

他看了妻子一眼，又看了儿子一眼，最后很为难地小声冲我说道，这个比较费事一些，你看看能不能这样，明天，或者哪天你有时间了，我再给你处理怎么样？

是的，虽然我可以理解他，可以理解等在一旁的他妻子和他儿子，但是我并不能这么做。我说，这个恐怕不行呢，晚上我还急着赶个稿子，明天一早就要交的。是的，我并没有撒谎——虽然我完全可以这么做，事实上这篇稿子我已经晚交一周了，再晚下去，那就意味着我的生活费也要跟着晚下去，我儿子的抚养费也要跟着晚下去,那是一连串的晚下去……当然，我没有必要跟他说这个，他只是个修电脑的，我只是个来修电脑的，而且已经付过了钱，但是他并没有修好。就这么简单。

他又上网查起来，想找找是不是有什么一招搞定的办法。这让我想起来一个叫“临时抱佛脚”的成语，这个我经常会用到的成语，现在用到他身上正合适。看来他并不像之前所说的那样，技术多么过硬，在那个非常著名的科技公司工作过……

这时候，他妻子，一直趴在桌上睡觉的那个女的，醒了过来——又或者她本来就没有睡着。她看着他，像在问他搞了这么久怎么还没有搞好，以及要搞到什么时候。现在他还在网上查找着，但就像是感受到了她的目光似的，他回过头来看了她一眼说，还没有搞好，要不然你们先回去吧？她没接他的话，接着又趴了下去。

外面还在下着雨，我摁亮手机看了看，已经九点一刻了。他还在查找着，一条条地浏览着搜索出来的那些网页。看着他那副样子，我想不如算了，我可以去申请晚一天再交稿子，或者到楼下的网吧里去写一晚上……不过，接下来我并没有说出口。这时候他看了看我说，网上没找到那个驱动软件，我家里有，这样吧，能不能麻烦你跟我回去一趟？反正也没多远，我就住巷子口对面的那个小区，富胜家园。

这是个老小区，没电梯，他们家在六楼。应该是租的房子，因为进门时我注意到贴在门框边的水费通知上写着的名字并不是“赵斌权”。这是一套两室一厅，进来之后我看到的跟进来之前想象的几乎一模一样。茶几上摆着几盆多肉和一株发财树，电视机靠着的那面墙壁上挂着他们的结婚照，沙发一角堆放着他儿子的玩具——积木、跳跳球、变形金刚、机器猫、塑料刀剑，沙发靠着的那面墙上画着一只鹅和一头鹿，支在餐桌旁边的那块小黑板上写着 Good morning、Good afternoon、Good evening……是的，一个有个七岁男孩子的家里应该什么样他们家里就是什么样。

我在沙发上坐下来，端起他给我泡的那杯茶，一边吹着浮在水面上的那些碎茶梗，一边看着他忙碌起来。他打开他的电脑，又打开我的电脑，飞快地敲击着。

她也开始忙活起来。我能听到从厨房里不断传来的洗洗涮涮的声音，切切剁剁的声音，那声音又急又响，就像是用了很大一股劲儿在里面。我知道那肯定是因为我的缘故。我可以理解她，换作是我，如果有个家伙非要跟到家里修电脑——碰巧还赶上家里有人过生日，我可能表现得比她还过分。我望着厨房，尽可能站在她的角度上理解她，理解她此时此刻的行为和心情，虽然在此之前我并不擅长这么做。

现在，那个男孩子也忙活起来。他拉开电视柜的抽屉，从里面翻出来一个飞机模型、一台小闹钟，最后又翻出来一辆塑料汽车。他把闹钟上的电池抠下来，换到塑料汽车上，然后捏着遥控器，让它在地板上一圈圈地跑动起来。看得出来，他是个老驾驶员了，控制得非常不错，车子快速飞驰着，既没有撞到墙上去，也没有碰到桌腿。它从他爸爸脚边调转车头冲向我，又从我脚边滑过去的时候，我能清楚地看见坐在车斗里的那三个蓝色塑料小人儿，那是一家三口——妈妈、爸爸、女儿。

坐在沙发上，看着这一切，听着这一切，我能感觉到有一种久违的东西正在朝我包围过来，并将我裹在其中。在某个恍然的瞬间，我甚至产生了一种此时此刻就是坐在自己家里的错觉。我正趴在电脑前飞快地敲击着键盘，我妻子正在厨房里煎煎炒炒，而我们的儿子正在指挥着他的小汽车。如果时光可以倒流的话，半年前，等会儿，在他给我装好驱动软件之后，我回到家中也可以置身于这样的场景之中。

很多时候，她也是现在这个点儿才回到家。这是因为她所在的那家商场有这样的营业时间规定，而她不能违反那个规定——如果她还想一直在那儿干下去的话。

放下包，换上拖鞋，她会问坐在沙发上看动画片的儿子作业做完了没有，问他晚上吃了什么，还想吃什么。接着她会走到厨房里去，打开冰箱，烧上水，在半个小时内变戏法般地做出两三个菜——辣椒炒肉、西红柿炒鸡蛋、红烧排骨或者外加一盆紫菜蛋花汤。她吃的是晚饭，儿子吃的也是晚饭，而对于这个时候合上电脑从书房里走出来在餐桌边坐下去的我来说，这也相当于是晚饭。接下来，她一边吃一边就会骂起我来，怎么不做饭，自己糊弄也就算了，儿子怎么也能跟你一起糊弄？

她骂我的地方当然远远不止这些。你怎么那么晚才去接儿子？他的作业你不能辅导一下？煤气费和水电费你又忘交了？情人节你送了什么给我？你怎么就不能出去找个工作？一天到晚趴在电脑前敲敲敲，敲出来什么名堂了？是能当吃还是当喝？……这些我已经能背下来了。再后来她就不骂我了，她沉默，我沉默，我们的儿子也沉默，回荡在房间里的只有动画片里的声音。当然，现在她就更不骂我了。

我喝了一口茶。它的温度和碎茶梗，让我意识到自己正坐在他们家的沙发上。

他们家的阳台是与客厅相连通的那种，阳台外侧是一面落地窗，浅粉色的窗帘垂挂在两侧，能看见外面闪烁着的密密麻麻的灯火。这时候，我突然发现从我坐的位置正好能看见我家所在的那栋楼——东北角的那栋小高层，现在它四周的灯带还亮着——我知道每天晚上它会从七点一直亮到十点半，红、黄、蓝三种颜色的灯带会来来回回地不停切换。我走到窗边，寻找着那栋小高层二十楼上的我的房子。

我再回到客厅里坐下来的时候，她已经把饭菜摆上了餐桌。接下来，她又摆了三只碗，每只碗边摆了一双筷子。那当然没我的。她又拆开那个蛋糕，我看见褐色糕体上摆着一圈草莓，中间是用白色奶油涂上去的一行歪歪扭扭的英文——Happy birthday to you，下面是一个你在很多地方都可以看见和听见的名字——张玲，我想那应该是她的名字。张玲，赵斌权，我在心里一遍一遍地默念着那两个名字。

过了一会儿他终于装好了，自己试了试，让我又试了试。这一次确实装好了。我合上电脑说，真不好意思，这么晚了还没让你们吃上饭！他站起来，抖了抖肩膀——就好像卸下来了一副什么担子似的——说，没事没事，是耽误了你那么久才对，抱歉！他又指着餐桌上冒着热气的饭菜说,你也还没吃晚饭吧，要不跟我们一起吃点儿？今天我老婆过生日。不了，我摆摆手说，该回去了，回去还要赶一个稿子，多谢！我又转过身来，冲已经坐到餐桌边的她说了一句“生日快乐”。谢谢！她带着挤出来的那丝微笑回复我道——从见到她到现在，这是她跟我说的唯一一句话。

回到家已经十点半了，外面还在下着雨。我烧了一壶水，又泡上在路上买的那碗泡面，然后打开电脑，又打开一页空白文档。我把手放在键盘上，敲出来前几天就拟好的那个标题，又按照前几天就打好的腹稿写起来。但是写了几行我就写不下去了，写出来的部分也觉得怎么看怎么不对劲，于是又一个字一个字地删掉了。

我走到窗前，点上一根烟。透过一阵阵飘散出去的淡蓝色烟雾，我望着下面和远处那些高高低低的楼群和密密麻麻的灯火。在那片楼群中，我找到了属于他们的那一栋，又在那些灯火中找到了属于他们的那一盏。现在，在想象中，我让自己转身，开门，走进电梯，下楼，顺着刚才走回来的路线往回走。

是的，我还记得路。

他们已经吃完了晚饭。他把蛋糕摆在餐桌中央，插上蜡烛，点亮，又关了灯，昏黄的烛光映在他们每个人的脸上，使之显露出来某种雕刻感，她把眼睛闭上，两只手合十举过头顶，一脸虔诚而幸福地许着愿，他和儿子望着她唱起了生日快乐歌……

看着他们，他们鼻尖上和额头上那点儿白白的被对方抹上去的奶油，我回想起半年之前还是我妻子的前妻，半年之前还跟我生活在一起的我们的儿子，回想起我们在那顶屋檐下持续了七年的生活以及没办法再继续下去的生活。是的，她觉得我是一个很有前途的作家，但这并不代表我就是一个合格的丈夫和一个合格的父亲，她受不了这一点，同时也改变不了这一点。而现在看来，事实很可能也就是这样。

墙壁上的挂钟指向十一点半的时候，我看见他把桌子上的碗筷叠摞在一起端进了厨房，她给他烧好了热水，催促着他去洗澡然后回房间……我知道，他们要准备睡了，明天他还要上学，她还要上班，他也是。我从沙发上起身，从他们身边轻盈地溜过去，走到阳台上，又从窗缝里钻出来，穿过一段雨水密集的夜幕飞回家中。

我走到书桌前，坐下来，打开电脑，把两只手都放在键盘上，同时闭上眼睛。是的，闭上眼睛我也可以准确感受到每个按键，我也可以感受到他——赵斌权——的那双手就骑在我的手上，带着我一起感受着他敲击时的那些动作，那些清脆有力的噼啪声，那些来回跳跃的手指……它们温暖而灵巧，既可以敲击键盘，也可以拧开给儿子撒尿的瓶盖，也可以指挥植物冲向僵尸，也可以给她披上那件黑色外套，也可以给她点上生日蜡烛，也可以及时粘住那些可能会击溃他们生活的细小裂缝。

竹器社

下午我和小阮在汉江边一个叫土谷台的地方钓鱼。我叫他小阮,他叫我老陈。更多的时候我不叫他小阮,他也不叫我老陈,我们称呼对方为“狗日的”。其实他比我也小不了多少,都是“70后”,一个头,一个尾。现在是七月,天气很热,即使我们坐的地方非常开阔,时不时就会有一阵江风吹过来,也依然很热。我看见一条条汗从小阮脸上垂下来,顺着脖子,一直流到他皱巴巴的T恤衫里去了。

岸边有不少石头,小阮把鱼竿把儿卡在几块石头之间,并不断调整着角度和方向。等卡稳当了,他腾出手从挎包里摸索出来一盒没拆封的“黄鹤楼”香烟。他撕开那层塑料膜,撕掉烟盒顶盖一侧的锡纸,撕出一个正方形的口子,然后又把右手的食指和中指并拢,做成一把指刀,不断地来回敲击顶盖的另一侧。随着他的不断敲击,口子那儿就冒出长短不齐的几根烟来。他抽出来两根，一根扔给我，一根自己点上。

“这种玩法你也会？现在可是不多见了啊！”我说，我指的是他敲烟盒的那种方式。我知道，这么敲烟的人差不多都有五年以上的烟龄，讲究，有仪式感，不是抽上一口就能把自己呛晕的那种新烟民。小阮笑笑，猛吸了一口，吐出来一股烟雾。

他又走到我这边，踢了踢我旁边的那只小铁桶说：“钓了不少嘛！我这边一点儿动静也没有。”我说：“这算什么，我认识一个人那才叫高，他钓鱼什么都不用，只带一把劈竹刀、一盒火柴就够了。”他愣了一下说：“怎么可能呢，只用一把劈竹刀和一盒火柴怎么钓鱼？”我把烟蒂往江里一弹说：“我们这些山里出来的比你们城里长大的见的世面可多多了，你还在玩尿泥的时候老子就已经出来闯荡啦！”他又抽出两根烟，一根扔给我，一根自己点上：“讲讲嘛！讲讲！那个高人怎么钓鱼的？”

一撂下碗筷，我爸就开始收拾起来。他从墙上把那排劈竹刀、木搓、精刨、铁码等等家伙什儿都取下来，放到木箱子里，一件一件地摆好。我蹲在边上看着他。

我妈沉着脸走过来，指着我冲我爸说：“陈富生，这还不都是你惯的，一放假就开始野了，就一点儿学生的样都没有了！”我爸转过身来，咧开嘴笑了笑，摇晃着一把明晃晃的手钻说：“我种的种嘛，我不惯谁惯？”我妈急了：“惯得跟你一个熊样？以后也做个编筐的？”我爸一脸不服气地说：“妇道人家！跟我一个样有什么不好的？三百六十行，行行出状元呐，俗话说得好，一个篾匠顶得上半担皇粮。”

收拾好，合上箱子，我爸搓了搓手，然后朝我妈脸上伸过去。我妈手疾眼快，一巴掌打掉了他的爪子：“老不正经，起开！起开！”我爸看了看她，又不好意思地看了看我，咧开嘴笑起来。这时候，我妈把一直捏在手里的小包袱往我怀里一塞，气冲冲地说：“给！你爸去做工，你也非要跟着去，野死你！”我爸走过来掂了掂我的小包袱问：“沉不沉？”我说：“不沉！”我爸说：“不沉就好，走！我们走！”

“那我们走了啊，秀琴！小松的东西你都给他带齐了吧？”快走到门口了，我爸又回过头来冲我妈问了一句，同时我看见他还富有深意地看了我妈一眼。我妈摆摆手说：“还用你说？”我爸又笑笑说：“你在家里照顾好自己哈，等不忙的时候我就赶回来了！”接下来，他把手往我肩膀上一搭，又轻轻一用力，我们就开路了。

我们要去的，是四十里外一个叫仙岭铺的地方。仙岭铺也属于我们镇子，跟景镇、南正、阳驿一带交界，不过我还从来没有去过。我之所以知道这个地方，是因为我爸经常会提到，说那里山高林密，盛产各种竹子，很多年之前也盛产过土匪。

往年，六月一过，仙岭铺的农民就会把竹子一小车一小车地送到镇子上来，运到竹器社后面的院子里。卸了车，过检，点数，结账，然后那些竹子就被一根根地堆起来，堆成小山似的几堆。竹子非常清凉，带着一股股香气，我经常和一帮小孩子在那些竹堆里藏来藏去的。那时候，竹器社已经差不多到尾声了，不过成立的年头比较长，最早还是“一化三改造”的时候搞起来的，要知道那年月还没有我爸呢。

小阮把目光从鱼漂上移开，呆呆地望着我说：“什么是‘一化三改造’？”我看了他一眼说：“这你都不知道？历史书上不是学过吗？学的都被狗吃啦？”小阮摸了摸脑袋，不好意思地笑了笑说：“忘了，这都是多少年前学的了，早就还给老师啦！”

是这样，解放初期，党提出过一个过渡时期的总路线，所谓的“一化三改造”，就是对农业、手工业和资本主义工商业进行的社会主义改造。具体来说，就是各行各业自己组织起来搞合作社，篾匠们搞竹器社，木匠们搞木器社，妇女们搞缝纫社，剃头师傅们搞理发社，诸如此类，每个行当都组成集体企业，社员按时上工，见月领工资。“初中就学过的，不记得了？”我问小阮。他木木地说：“不记得了！”

前几年，仙岭铺、松壑、雾渡河、清岗几个地方的竹子砍了，都是当地的农民自己送到竹器社来。后来光景变了，主要是运力成本增加了，又或者农民变懒了，他们就动起了别的脑筋，说是要给原材料涨价，一捆毛竹要从七毛二分钱涨到八毛五分钱。理由是太辛苦了，先是砍竹子，砍完之后，还要再一根根地扛到山下来，接着再装车运到镇子上，一往一返要走八十里山路，很是费劲，人力成本太高。

竹器社的几个头头商量了一下，觉得这些农民把价格涨得太离谱了，就没有答应。后来他们想出来一个法子，就不再收竹子了，而是改派篾匠到山里去，先加工成半成品或成品，然后再请人一担担地挑到竹器社来，按重量计酬。如此一来，那些农民既能减轻劳动强度，竹器社也能降低收购成本，属于现在所说的“双赢”。

所以这几年，每年一入夏我爸就会进山几个月，等到了秋后再回来。我央求过他好几次，说什么时候也带我到山里去玩玩，不过他都没同意，说我还小，一直到今年。说老实话，虽然马上就要去读初中了，但是我还从没出过远门，最远也就是到过二十里外的松壑去看戏。我想去山里看看，那肯定比我们镇子上要好玩多了。

我爸驼着背，不过一路上走得飞快。一转眼，我就只能看到他背上的木箱子了。远远的，那口木箱子就像是自己安了两条腿在走。走一段，我爸就会停下来等我一会。看我累得喘气，我爸走过来说：“吃不吃得消？现在说回家还来得及！”我说：“吃得消！吃得消！”他又给我擦了擦汗说：“还挺犟，这一点倒是很仿我嘛！”

快到西祝河时，我远远地就看见一个戴眼镜的瘦子，他正蹲在一块条石上用草帽煽风，条石边斜竖着一根扁担和两个竹筐。“眼镜！眼镜！”我爸挥着手冲他喊道。“等多久了？”等走近了我爸问他。“刚到！”眼镜说，他又走过来摸了我的茶壶盖头问我爸：“你的崽？”我爸放下箱子，抽出一根烟递给他：“老二！”眼镜说：“这么大了，上次见还在怀里呢！”我爸说：“那时候你要是结了婚，老大也那么大啦！”

我爸爸叫我喊他王叔叔。我喊了他一声，然后又像我爸那样在心里喊了他一声“眼镜”。他的眼镜很厚，比我们历史老师的还厚，在那两片厚厚的镜片后面，他的眼睛只透出来两个聚光的小点。眼镜从口袋里摸出一只蚂蚱来，递给我说："拿去玩，拿去玩。"接过来一看，我才发现是假的，狗尾巴草编的。不过非常像，跟真的也差不了多少。

"哈，眼镜就是你说的高人吧？说说，怎么个高法？"小阮问，他再一次拉回空钩子，捏了两团饵料挂上去。"急个锤子，听我跟你讲！"我冲他说。

到仙岭铺时已经下午了，我走得两个脚底板都起了水泡，走一步就疼一步，不过我一声疼也没喊。在一户人家门前，我爸和眼镜停下来，那户人家的两扇门板大开着，但他们没进去。我爸拍着其中一扇门板喊道："刘组长，刘组长，在家没？"这时候，从屋里走出来一个妇女，身后跟着一个比我矮很多一脸黢黑的小男孩。"是陈主任啊，你们又来啦，老刘在山上，我去喊去，你们先到家里坐会儿。"

没多久，那个被我爸喊作"刘组长"的男人就回来了，身后跟着那个妇女和那个小男孩。他给我爸和眼镜各让了一根烟、沏了一杯茶，给我只沏了一杯茶。"你的崽啊？"刘组长指着我问我爸。"是啊，老二！"我爸喝了一口茶说，又吐了吐喝进去的茶叶梗子。刘组长吸了一口烟说："今年拖家带口了嘛！"我爸说："又得麻烦你们！"刘组长说："今年高恒友一家回来了，他家住不成了，住刘江洪家吧，他家还有两间空房，院子也够大。等会我去说说！”我爸说：“行啊，怎么方便怎么来，能有个地方就行。”眼镜也连连说行，过了一会，他又从口袋里摸出一只跟我那只一模一样的蚂蚱，递给那个一脸黢黑的小男孩。小男孩一闪，躲到妇女背后去了。

第二天，天还没有完全放亮，一阵接一阵熟悉的声音就把我吵醒了，先是一阵阵的“嘻——哈——，嘻——哈——”，再接着就是一阵阵的“咄——啪——，咄——啪——”。我知道那是我爸和眼镜制造出来的，他们已经在院子里忙活起来了。不过我还不愿意起床，昨天走了四十里山路，小腿现在酸疼得厉害，感觉已经不是自己的小腿了。我躺在靠窗的那张小床上，一边听着外面的那些声响一边辨别着它们所对应的活计。

过了一会儿，我听见隔壁有人起来了。那扇门先是“吱呀”一声，接着一个男的就咳嗽起来，再接着我就听见了刘江洪的大嗓门：“陈主任，怎么起那么早啊！”“这还早哇，晚一天是晚一天的事儿，反正都得干。”这是我爸的声音。没多久，我又听见一个女人的声音，她喊了一嗓子“刘江洪”，接着就是洗洗涮涮和切切剁剁的声音，我知道刘江洪的老婆在弄饭了，不断有烟气从窗缝散进来。院子里慢慢热闹起来。

我是在他们都吃完之后爬起来的。锅台上，给我留了一小黑碗笋炒肉片和一碗米饭。我端到院子里，一边吃一边看着眼镜和我爸破篾。眼镜破得飞快，他坐在小马扎上，用膝盖紧紧地卡住一根竹条，捏着劈竹刀上下舞着。他腕部用力一划，厚薄粗细很均匀的一根篾条就下来了，紧接着又是一条。我爸也在做着和眼镜同样的动作。他们已经破了一大堆，篾青一堆，头黄篾、二黄篾和三黄篾也各一堆，没什么大用的篾屎也堆了一堆。院子里到处都游动着竹子的香气，太阳刚刚升到屋顶。

确实就像我妈所说的，一到山里我就野开了。因为年龄相近，我、马顺、黑娃、刘江洪的“独苗”刘陆，刘组长的大儿子刘仲，还有他一脸黢黑的小儿子刘季，我们就玩到了一起。马顺只比我小几个月，个子却比我矮了一头。他和黑娃、刘陆、刘仲、刘季当时一天到晚昏天黑地呼纸牌，呼得课本都撕了叠成牌。“你小时候也是这样的吧？”我问小阮。小阮一脸鄙夷地说：“我才不呼纸牌呢，我们都是打电子游戏机！”我也加入了呼纸牌的队伍，但我体力和技巧都不行，最后把带过去的练习册也输得精光。我还想把课本撕了叠成纸牌翻本，我爸说：“把课本撕了，你妈肯定饶不了你！”再后来我们就不呼纸牌了，改成跳房子，跳房子也很快玩厌了。

我爸和眼镜跟刘组长他们去砍竹子的时候，我们也经常跟去。我爸和刘组长他们去山上，砍完竹子就十杆十杆扎成一排，再从山上丢进河面上，让竹排顺着河水一路漂下来。下游早就拉好了一张大网，眼镜带着我们守在那里。竹排到了，眼镜就用一条长竹竿将它们够到浅水区，捞上来一堆堆码好，最后再一起运回村里。

有时候，村里人也会扛竹子到刘江洪家，请我爸和眼镜编一些竹器。工钱便宜，小件五分，大件也不过一毛。那时候穷，能不花钱的地方就尽量不花钱，所以很多人都来编，马顺他妈也来。她长得秀气，说话细声细气的，跟其他妇女完全两样。有一次她拖来一小捆沙罗竹，对我爸说："陈主任，编一个筛子、一只米笼、一顶斗笠，还有余料就再编一个针线篮！"我爸说："筛子、米笼、斗笠，一样五分，针线篮就不收钱了！"马顺他妈很不好意思地说："那怎么行呢，该算还是要算的。"

这时候，我正好从帐子里爬起来，我看见眼镜偷偷朝马顺他妈看了几眼，我还看见我爸看见眼镜偷偷朝马顺他妈看了几眼。等马顺他妈走了，我爸斜了斜眼镜说："眼镜，怎么样？"他不解地看了我爸一眼说："陈主任，什么怎么样？"我爸笑了笑说："装！接着装！真不懂还是假不懂？"眼镜说："懂什么啊？”这时候我爸拿起一根竹条，伸到眼镜的裤裆里杵了杵说：“你的家伙都锈了吧，该找个窝啦！”我看见眼镜脸上腾地红了，他扶扶眼镜说：“陈主任，莫说笑！莫说笑！”我爸把竹条一扔说：“我还不知道你那点儿心思？你这光棍打算打到几时？马顺他妈怎么样？”

那时候生态好，山上鸟多，各种珍稀的鸟都有，黑卷尾、燕雀、山斑鸠、褐河乌、北朱雀、红嘴蓝鹊、斑翅山鹑、环颈雉……眼镜喜欢鸟，他一心想逮一只灰背鸫回来养养，经常晚上到山上去下网，第二天中午放工的时候去收。有一次，我们几个也跟去看热闹，不过那次没网到灰背鸫，只网到了一只珠颈斑鸠和几只山麻雀。

眼镜爬树也很厉害，“噌噌噌”几下就爬上去了。他在上面解网的时候，我们就在下面看着他。西祝河就从我们旁边流过，一阵阵滚荡的水声传过来。这时候，我在河水的滚荡声中听见一阵若有似无的喊声。没过多久，那喊声就越来越近了，也越来越清晰了，接下来我们都听清楚了那个声音喊的是“马顺”。这时候，马顺脸上一暗说：“是我妈！是我妈！”正说着，马顺他妈已经看见了我们，我们也看见了她。

我第一次看见马顺他妈那么生气，她走到马顺身边，拧起他的耳朵就往上提：“死这里了？喊了那么多声都没听见？”马顺疼得直咧嘴，他歪着头，用手指了指树上的眼镜说：“是跟……跟王叔叔过来捉鸟的！”看到树上的眼镜，马顺他妈就收住了怒气说：“哦，王师傅也在啊！”眼镜像个猴子似的出溜下来，很不好意思地朝她笑了笑接着又对马顺说：“快回去吧！”那时候，我们——也许只是我——还不知道的是，马顺他爸三年前从脚手架上掉下来摔死了，就埋在那片竹林附近。

眼镜把麻雀都放了，只把那只珠颈斑鸠留下来，又编了个笼子养起，就挂在廊檐底下，每天“咕咕咕咕”地叫着。我还从来没见过珠颈斑鸠，每天都看到很晚才睡。

熬夜，又加上受凉，有一天晚上我感冒了，发高烧，喉咙痛得不行。村里没有卫生室，我爸慌了神，要去刘组长家借自行车，说是连夜送我回镇上。眼镜走过来摸了摸我的额头，看了看我的舌苔，又把手搭在我手腕上摸了一会儿，对我爸说：“陈主任，不用回镇上，我有个方子，明天一准儿能好！”我爸一脸不信地说：“你能有什么方子？你又不是医生。”眼镜让我们等着，他拿起一只手电筒去了后山。

过了没多久，眼镜回来了，肩上扛着一杆一握粗的沙罗竹。他把沙罗竹砍成几段，去节，一头斜插到瓷碗里，另一头放在火上来来回回地烤。很快，竹筒内就流出来一小股一小股淡黄色的竹水。他又烤了两段，弄了差不多半碗竹水，端给我喝。我爸将信将疑地说：“眼镜，你搞过没？会有效？”眼镜说：“放心！放心！”果然，到了第二天下午，我就差不多好了，眼镜又给我烤了大半碗竹水。他很得意地说：“沙罗竹治感冒有奇效，我以前经常喝！”后来，我跟眼镜在山上转悠时，还见过那一大片沙罗竹。风吹过去，就会发出一阵阵“沙罗沙罗”的声音，还挺吓人的。

虽然没读过几年书，不过眼镜经世很深，算得上一个山里秀才。歇工的时候，他经常躺在廊檐下听田连元的评书，或者来来回回地翻一本毛了边儿的《纲鉴易知录》，那是一本中国通史，清朝的一个什么人编的。那时候，我们镇子上有不少眼镜这样的人，也没上过什么学，也没做什么营生，但是文化程度却很高，天上的地下的，阴间的阳间的，什么都懂一点儿。我爸跟我说过，这就叫“无字通六经”。我爸还说：“眼镜厉害着呢，九佬十八匠里他可是做过不少样。可惜的是，快五十岁的人了连个老婆也没讨上，哎，秀才的好学到了，秀才的迂也学到了！”

这时候，小阮的漂黑了下去。我说：“起竿！”小阮冲过去，抓紧竿用力一扯，就破水出来一条喜头。他把钩子摘掉，把鱼往小桶里一丢，上完饵又重新抛了下去。他说：“哎哎哎，刚才说到哪里了？九佬十八匠是吧，九佬十八匠都是什么？”

我斜了他一眼说：“你们城里人哪里懂这个，乡下才有呢，不过乡下现在也没有了。”他说：“不要卖关子哈，说嘛！”我说：“九佬嘛，就是阉猪、杀猪、骟牛、打墙、打榨、剃头、补锅、修脚、吹鼓手；十八匠，那可就不止十八种了，金匠、银匠、铜匠、铁匠、锡匠、木匠、雕匠、画匠、弹匠、篾匠、瓦匠、垒匠、鼓匠、伞匠、漆匠、皮匠、布匠、绒匠、磨剪铲刀匠、窑匠什么的，各行各业都有！”

住在刘江洪家，又跟他们一起搭伙，除了交的那点儿食宿费，我爸和眼镜也经常会帮他们编些东西。小件的鸡鸭笼、竹筐、篮篼，大件的竹席、簸箕、蒸屉，都有。有一次，刘江洪的老婆捏着眼镜编的一个竹筛子看了半天说：“陈主任，你这个当师傅的，手艺可是比不上徒弟啊！”我爸笑笑说：“莫瞎说，眼镜可不是我徒弟，我给他当徒弟还差不多！”我爸的确不是谦虚，论手艺，他还真是比眼镜差一些。

后来眼镜跟我打过一个赌，他说他能编出来一个可以盛水的竹篮。我笑着说：“这你肯定是吹牛了，我们才学过的，竹篮打水一场空！我不信你能编出来。”他看了我一眼说：“赌不赌？”我说：“赌啊，肯定跟你赌，赌什么都行！”眼镜说：“那这样，我赢了，你就把这个篮子送给马顺；你赢了，我就带你去钓鱼！”这次编竹篮的篾条，眼镜破得非常非常细，破完之后又一条条地反复打磨，直到打磨得极其光滑。编法也跟之前很不一样，篾丝一根连着一根，衔接之处没有一丝一毫的缝隙。

两天后，眼镜把那个竹篮编好了，递给我说：“见证奇迹的时刻到了，去接一篮水试试吧！”我半信半疑地说：“这能行么？”接下来，我在刘江洪家的压井里接了满满一篮子水。还真是，竟然连一滴也没有漏出来。我爸走过来，把水倒掉，翻过来看了看，又掉过去看了看，最后说：“狗日的，这也能编出来！”他看了一眼眼镜，又冲我说：“去吧，去马顺家，把篮子交给马顺他妈，就说是你王叔叔送的！”

没过多久，刘江洪家的廊檐下就堆满了各种各样的竹器，鱼篓、蒸屉、竹篮、竹席、耙篼、簸箕，等等。一天早上，我爸喊过来几个村民，说要和他们回去一趟，把竹器运回镇子上，又问我要不要一起回去。我说：“我才不回去呢，我要跟眼镜叔叔去钓鱼！”我爸叮嘱了眼镜几句，同时吩咐我不要乱跑，然后就上路了。

我爸一走，我就解放了，眼镜也解放了，我就央着眼镜带我们到西祝河去钓鱼。我，黑娃，刘仲，刘季，还有刘江洪的小儿子刘陆，把眼镜团团围了，巴巴地望着他。眼镜扫视了一圈儿说：“马顺呢？马顺不去吗？”于是黑娃就去喊了马顺。

马顺过来了。他那么小一个人，却穿了那么大一件背心，下摆一直垂到膝盖的位置，看上去就像是裹了一条裙子。我们看了都哈哈大笑。黑娃说：“马顺没衣裳穿，他妈正在家给他缝汗衫呢，他穿的是他爸的背心。”眼镜走过去，把下摆往马顺裤衩里塞了塞，塞得裆里鼓鼓囊囊的。眼镜又挥了一下他的劈竹刀说：“开路！”

一直走到村子外面，我才突然想起来我们什么都没有带。我问眼镜：“没带鱼竿呢，钩、线、饵什么的也都没带，这怎么钓鱼？”眼镜从兜里摸出一盒火柴，晃了晃说：“不需要，有这个就行了！”小阮说：“呵，吹吧，用火柴怎么钓鱼？”我看了他一眼说：“这就是他高明的地方了。”小阮一脸不信地说：“继续说！继续说！”

快到西祝河时，眼镜把我们带到了山上那片竹林里。他给我们分了工，刘仲、刘季和刘陆去捡枯枝，马顺和黑娃去挖蚯蚓，我跟他去砍竹子。眼镜砍了两杆又长又细的毛竹，他将毛竹砍削一番，又把毛刺刮干净，然后跟我说：“去生一堆火！”

火生起来后，眼镜拿起那杆又细又长的竹子在火上来来回回地烤，一边烤一边矫正，使之形成一定的弯度。“就用这个当鱼竿？”我问眼镜，他点了点头。“那钩子呢，线呢？”我又问。眼镜也不说话，他把另一杆毛竹破开，又用刮刀从上面破出来一条很细很细的青篾丝，差不多有两米来长。“哦哦哦，是用这个当鱼线吧？”小阮问。我点点头。“那不会断吗？”小阮又问。我说：“这你就不懂了吧，篾条中最好的就是篾青了，篾青的柔韧性是最强的，弹性也是最好的，当然不会断了！”

接下来，眼镜又破出来一根小竹条，用它在刀刃上来来回回地刮削，直到削成一根细细的竹签，一头极尖。他把竹签放在火上烤，烤一下就弯一下，烤一下再弯一下，直到把前面弯成一个钩。最后他把那根青篾丝一头系在钓竿前端，另一头系在竹钩顶部。“就靠这个了！”眼镜扬了扬那副鱼竿说。“就用这个钓鱼？”小阮有点不信地看看我。我说：“大鱼很不好钓，容易脱钩，两斤以下的还是没问题的。”

从我们镇子上流过时，西祝河还只是一条小河，到了仙岭铺，因为又汇入了其他几条河，水量就大了起来，流速也极快。

眼镜没有带我们去当地人经常钓鱼的乌渡口，而是往下走，来到下游一个大洄湾处水草茂盛的地方。“他倒是会选钓位，小湾的口，大湾的尾，鲫鱼和鲤鱼最多了，而且我跟你说，水草多的地方鱼也一定多，钓鱼不钓草，等于瞎胡跑嘛！”小阮得意地说。我朝他喷过去一个烟圈说：“你他妈的，说起来倒是一套一套的，你钓的鱼呢？你这是纸上谈兵，卵用都不顶！”

我们在那个湾子里钓了整整一上午，眼镜把挖来的蚯蚓都用完了，收获不小，大大小小的，差不多钓了有几十条，喜头，毛子，黄鸭叫，鳜鱼，都有。临回来的时候，眼镜又削了几根竹丝从鱼嘴里穿起来，穿了几串，分给他们几个每人一串提回家去。马顺那串鱼，明显比黑娃和刘陆他们几个的多了几条，个头也更大一些。

当天晚上，我爸他们就从镇子上赶了回来。睡觉前，我跟他说了白天眼镜带我们钓鱼的事。我说：“眼镜叔叔钓鱼厉害，比你厉害多了！”我爸笑笑说：“他哪里是在钓鱼啊，分明是在钓人嘛！”我说：“钓人？钓什么人？”我爸摸了摸我的头说：“不钓什么人！不钓什么人！快睡吧！”我爸没有睡，他还在破篾，劈劈啪啪的声音不断从他两手之间传过来。我都快睡着了，听见我爸还在自言自语：“眼镜啊眼镜，真他妈迂不可及！你他妈既然有这份心思，还前怕狼后怕虎个什么呢，马顺他妈带了个拖油瓶又怎么了，我以前还不是个拖油瓶！”我翻了个身子，朝我爸的方向迷迷糊糊地问他：“什么拖油瓶？”他看了我一眼说：“还没睡呢，快睡！”

“好啦，高人的故事讲完啦！”我眯着眼睛对小阮说。“别啊，后来呢？”小阮问。“后来？什么后来？”我说。“后来眼镜和马顺他妈怎么样啦？搞上了没有？”小阮摸出来烟盒，又麻利地抽出来一根烟递给我，并把打着的火向我嘴边凑过来。“狗日的，我就知道，你惦记上马顺他妈了吧？”我笑笑说，同时吸了一口他点的烟。

后来我爸和眼镜算了一笔细账，我爸说：“眼镜你看，一个竹篮的成本是五分钱，社里给咱们九分钱，这中间有四分钱的差价，我看还不如找几个人打下手，好上手的活就带他们学学，让他们干，到时计件开钱，大件多开，小件少开，效率提高了我们还有得挣，怎么样？”眼镜眨眨眼睛说：“陈主任，这是个好法子，不过社里能不能同意不好说。”我爸看了他一眼说：“呆子，社里要是同意我还跟你说？你这个人什么都好，就是胆子太小了。”眼镜说：“听你的，你说怎么搞就怎么搞。”

后来，他们就真的这么搞了！之前，每天只有我爸和眼镜两个人在刘江洪家的院子里忙活，后来一下子就多出来七八个。高恒友两口子，刘组长两口子，刘江洪两口子，黑娃他妈，马顺他妈，还有隔壁村的几个老头老太。他们每天一大早开工，太阳落山前收工，又是锯又是削又是磨的，基本上就是流水线作业了，院子里一整天都充满了说说笑笑，很是热闹，跟之前我们镇子上竹器社的情形差不多了。

我，马顺，刘仲，刘季，黑娃，也经常凑在边上看热闹。有时候眼镜会把他床头那个收音机也搬出来，旋到一个田连元说评书的什么台。有一天，田连元说，刘秀去长安求学，在街上看到执金吾，场面极为壮观阔气，刘秀大为感叹，讲了一句“仕宦当作执金吾，娶妻当得阴丽华”。这时候我爸停下来说：“嘿，你们瞧瞧，眼镜不也是刘秀吗，他就是当不了执金吾，起码也能娶个阴丽华吧。阴丽华在哪，是不是在你们仙岭铺呀？”大家听了一阵哄笑。眼镜脸上红了一下，扶了扶眼镜，继续编他的蒸屉。我看见马顺他妈脸上也红了一下，她正在一声不吭地给篾条染色。

后来黑娃他爸有时也过来打打下手，他爸破竹，他妈磨砂。有一次，黑娃蹲在眼镜旁边盯着他编花。我爸喊了黑娃一声说：“黑娃！”黑娃不明所以地看着他。我爸笑着说：“昨天晚上看见你爸和你妈躲在帐子里打架没有？是不是你妈还骑在你爸身上打你爸呢？”黑娃听了，一脸好奇地说：“咦，你是怎么知道的？”接着我爸就大笑起来，一院子的人也都大笑起来，黑娃他爸也笑起来。黑娃他妈急得直喊：“黑娃！黑娃！”我爸说：“嘿，我知道的多了，你爸妈不带你玩，他们给你造小弟弟呢，都快露头啦！”我爸说完，他们都笑得前仰后合的，眼镜也跟着笑起来。

两周后，满了一个工期，我爸和眼镜又算了一笔账。正如预想的那样，他们确实赚了一笔，刨去竹子的成本、吃住搭伙的钱以及七八个男女的工钱，我爸和眼镜每个人比社里平常按件计酬的工资多挣了二十块。“那么少，还不到一包烟钱呢！”小阮说。“你他妈的，那是什么年头，现在是什么年头，那个时候的二十块可以买半扇猪啦！”我说。我爸很高兴，一笑起来，很久没刮的胡子也跟着一翘一翘的。

我爸躺在竹床上，一边望着院子里的那堆竹器一边掰着指头算着什么。现在我知道了，那时候他很可能就有了搞竹制品厂的念头。算完，他走过来拍了拍眼镜的肩膀说：“呆子，就这么搞！再搞几个月，你娶老婆的钱也能搞出来啦！”眼镜也很高兴，他脱了鞋子，一只只地在门槛上磕里面的竹末。他望着我爸说："陈主任，还是你会搞！"我爸笑笑说："你不会搞么，我看你会搞得很，就是搞不对地方！"

一转眼，眼镜脸上又浮出来一层愁云。他为难地说："陈主任，我怎么开这个口哇，我开不了，要不你先帮我通通气？人家要没这个意思就算了！"我爸说："你啊，还真是呆子一个！竹竿两个眼儿，女人一个眼儿，两个眼儿的你都通了，一个眼儿的你还不会通吗？"眼镜很不好意思扶了扶眼镜说："那哪能一样呢！"

这时候，我看到院门外面闪出来一张小脸，他躲在那儿头一够一够的，我认出来是黑娃。我朝他招了招手，但他并没有像之前那样我一招手就过来。够了一会儿头，他慢慢走到院子里，站定，又做出来一副随时要往外面跑的架势，接着他冲我爸喊了一声——"哎"。我爸笑着问他："黑娃，是不是你爸妈又不带你玩，把你赶出来啦？"黑娃眼睛里闪了一下说："我妈说了，你们天天编筐子，你们老婆才正好有空在帐子里跟别的男人打架呢！"说完就腾腾跑开了，又站在那儿望过来。

我爸笑眯眯地说："去，去跟你妈说，晚上你眼镜叔叔要去看你妈和你爸打架！"黑娃犟着脖子说："我才不说呢，要说你说！"我爸和眼镜都笑了起来。

天气越来越热，屋子里也越来越闷。后来睡觉的时候，我们就把竹床搬到了院子里。竹子清凉，阴性很大，躺上去非常凉爽，比现在的空调还要凉爽。怕蚊虫叮咬，眼镜不知道又从哪里给我找过来一顶破帐子，用四根竹竿挑了绑在床腿上。眼镜和我爸都没帐子，他们俩用被单把身子裹得严严实实的，只留两个鼻孔出气。半夜里有一次我上厕所，看见他俩裹着惨白的被单躺在清冷的月光下，就像两具无头尸首一样，很吓人。后来没过几天，眼镜就出事了。那天就跟今天一样热。

一大早，马顺他妈和黑娃他妈就来到院子里，我听见黑娃他妈跟我爸说："陈主任，上午放半天工吧，我们要去集上扯几尺布！"我爸一脸笑嘻嘻地说："扯布做什么？黑娃他爸的裤衩是不是磨烂了，要扯布做新裤衩啊？"黑娃他妈说："好你个陈主任，等你老婆来了我们一定跟她说，就说你的裤衩在仙岭铺磨烂了，要她给你新做一条！"我爸摆了摆手，又冲着马顺他妈说："陈菊英，别忘了给自己也扯块儿红布，到出嫁的时候当盖头用！"这下马顺他妈不吭声了，脸上的红一直红到脖根。

这时候，黑娃他妈又接过去话头说："陈主任，先别说人家，你是不是也想再娶一房？要不要给你也扯一块盖头回来？"我爸笑嘻嘻地说："好嘛，扯回来了咱俩用，到时候你就休了黑娃他爸那个不顶事的！"黑娃他妈就笑了起来。后来，黑娃他妈和马顺他妈就走了，把刘江洪的老婆也拉去了，三个人有说有笑地出了院子。

她们前脚刚一走，马顺、黑娃后脚就跑了过来，没一会儿刘仲、刘季和刘陆也都跑了过来。我还没起床，他们几个就一拥而上，把我的被单扯了去。我只穿了条裤衩，就只好起来。我爸说："眼镜，篾青没了，你带他们几个去砍几捆，下午编晒簟，包边调色都得用。"于是等我胡乱吃完早饭，眼镜就带我们去砍竹子。

一路上眼镜都走在最前面，挥着一根竹条这里敲敲又那里打打。我问他在敲打什么，眼镜说："天热了，蛇出窝了，大家都小心点儿！"山上暑气小一些，但还是很热，干活时就更热了。砍完竹子，扎成竹排，眼镜说："先丢到河里漂回去，我们慢慢下山。"马顺说："还早着呢，去钓会儿鱼嘛。"眼镜看了一下表说，也好。

接下来，眼镜还是用上次的办法做了一套渔具。鱼钩快弯好的时候，我看见黑娃气喘吁吁地跑过来冲眼镜说："王叔叔，马顺淹到了！"眼镜一惊，把钩子也弯折了，他问："怎么回事？”黑娃说：“我们，我们去挖蚯蚓，挖完了就去游水，游着游着马顺就不见了，沉了！”眼镜说：“在哪里游的？”黑娃指了指落水潭的方向。

等我们赶到时，只看见马顺的一只凉鞋还摆在岸上。眼镜连衣服都没脱，就直接扑进了河里，手脚扑腾着往中间游过去。在那个瞬间，我想眼镜一定是忘记了自己不会游水，他甚至连想都没想过自己不会游水。看着河里的眼镜，我突然想到一个问题，还想等他上岸后问他的。“什么问题？”小阮问。我说：“我想问他钓鱼那么在行，游水是不是也很在行。”非常奇怪的是，这个问题闪了一下就消失了。

眼镜当然没把马顺捞出来，他一次次往水底潜下去，又一次次浮上来，我看见他在打着漩涡的河面上大口大口地喘着气。过了一会儿，眼镜又潜下去之后就再也没有浮上来了，当时我还想着他是不是捞到马顺了，正把他从一团缠住他的水草中往外面拖。这时候，黑娃急得来回跺着脚说：“眼镜也淹到了！眼镜也淹到了！”

我飞快地跑回村里，见了人就大喊一声：“马顺淹到了！眼镜淹到了！眼镜淹到了！马顺淹到了！”我爸他们正在编席子，像是接到命令似的把家伙一丢，就往门口跑过去。我冲着他们喊了一声“落水潭”。他们跑出去后，我在院子里又呆呆地朝眼镜那件挂在晾衣绳上的衬衫望了一会儿，等重新回过神来，我也跑了出去。

落水潭的岸边站了一圈人，透过他们之间的空隙，我看见两个臃肿的影子正在一圈圈飞快地跑动着。等走近了，我才发现那两个影子正是我爸和刘组长。我爸腋下夹着眼镜的两条腿，刘组长腋下夹着马顺的两条腿，眼镜和马顺倒垂着身子被他们斜拖在背后。我看见马顺鼓着圆圆的肚子就像一头小猪娃那样被刘组长背着跑。我还看见眼镜没有戴那副眼镜，他的头部很有节奏地拍打着我爸的小腿肚，不时有水珠从他头发里滴下来，滴在地面上，从他们身上滴溅下来的水珠画出来两个圆圈。

我从人群里挤进去，焦急地看着这一幕，同时焦急地等待着结果。我好像听见了我爸的心脏在剧烈跳动，我感觉到我爸剧烈跳动的心脏就在我的胸口里跳动着。

马顺他妈不知道什么时候也过来了，她失魂落魄地站在人群中，一声不吭地看着这一切。后来，我爸和刘组长都累坏了，他们不得不停下来，大口大口地喘着粗气。在累得瘫倒之前，他们把眼镜和马顺放下来，斜摆在一个草坡上。我们几个一下子都围拢过去，大声喊着眼镜和顺娃，不过他们俩始终安安静静地躺在那儿，看上去就像是一对睡熟了的父子。这时候，马顺他妈好像才意识到发生了什么事情，她扒开人群冲过来，跑到马顺边上，抱着他的头一遍遍呼天抢地地喊，仿佛只要她再多喊几声马顺就会醒过来，眼镜也会跟着马顺一起醒过来。

密室逃脱

1

应该找个男朋友了的念头，是杨季青在最近一次晾床单时冒出来的。那是上周日，她搬进粮道街新租的那套一室一厅的第二天。把那床浅粉色的床单从洗衣机里拎出来，准备折上几道再挂进晾衣架时，她犯了愁，床单横竖都比她高得多，她试了好几次都没办法叠起来——之前是有一起合租的那个女生帮忙。最后，杨季青只能把它拎到卧室那张大床上铺开，上下左右对折几道，而不是像她这样做时想象的那样：他扯住两个角，自己扯住另外两个，自己向他走过去——或者他向自己走过来——把四个角叠起来，如是反复，两个人越走越近，直到面对面地站在一起。

远处的龟山电视塔、长江大桥和对面的几栋小高层勾勒出一道漂亮的天际线。把床单晾起来之后，杨季青在阳台上望着那道天际线发起了怔，她想起了吴晓灿。更准确地说，她想起来的并不是吴晓灿这个人，而是这个名字——时至今日她甚至已经忘了他的样子，这个名字就像天空中掠现的鸽群一样从她脑海里掠现了出来。

吴晓灿是她的前男友，五年前他们走到了一起，三年前分开了。尽管手机里还留着他的电话号码，还存着他的微信，但是杨季青并没有想联系他的意思,更没有和他续接前缘的想法。这倒不是因为他已经结婚了，而且有个一岁多的女儿——杨季青在朋友圈见他晒过几次，而是她一开始就知道和他没什么可能，自己并没那么喜欢他——现在她再次确认了这一点。杨季青很清楚，自己刚才想象出来的那个他——和自己一起叠床单的那个他——并不是吴晓灿，自己想到的“吴晓灿”这个名字也并不代表吴晓灿那个人，而是她正在期待着的不过目前却还毫无踪影的另一个男性。

他和自己是同龄人，比自己大五岁之内或者小三岁之内——这是三十七岁的杨季青所能接受的年龄浮动极限了，有一份稳定的工作，不油腻，不算帅——但是也绝不能丑，最好还能有一定的精神追求……对于他——自己想象中的那个男朋友，杨季青有着非常清晰而具体的把握，她相信自己一定会遇到他，而且在遇到他的时候也一下子就能把他从人群中挑出来，就像是把一个错别字从一行句子中挑出来那样——杨季青被这个比喻逗笑了，那是此前五年的校对生涯给她带来的惯性。不过问题是，现在他在哪儿呢？什么时候才会出现呢？杨季青怔怔地望着那道天际线想。

想找个男朋友的念头，并不全是因为父母的催婚，也不全是同龄人都陆续结婚生子生女了的那种对比之下的压力，而是杨季青觉得自己确实该找个男朋友了。她已经单身三年了，已经三十七岁了，对她来说，无论是在一个女人所需要的哪一种需求上她都需要找一个男朋友了。是的，她又不是一个独身主义者，又不是一个“拉拉”，找一个男朋友恋爱、结婚是迟早的事，既然是迟早的事，那么就宜早不宜迟。

接下来，靠着阳台上的水泥廊柱，杨季青又想象起来那个他。此时此刻，他好像已经从对面小高层的楼顶上降落下来了，降落到地面上，上楼，然后又来到房间，站在自己背后，两只手臂从自己背后伸过来，环扣着自己的腰，下巴就搁在自己的头顶上，自己分明可以感受到他双手结实有力的环扣，他下巴上的胡茬和温度，他口鼻中呼出来的那一下接一下的温热的脉冲。杨季青下意识地转过身来，凑上去，想迎接那一下接一下的脉冲……意识到做起了白日梦之后，杨季青不好意思地笑了笑，她感觉到脸上热辣辣的，仿佛刚才的那些想象被人看穿了，虽然周围并没有什么人。

她把目光收回来，转身回到客厅，她想到了那套换下来的内衣还没洗。这时候放在桌角上的手机响了起来，屏幕上显示的是宋贺思蕊，自己以前的同事，她前天和自己约好了今天下午去逛街的。在成为同事之后，她经常会约杨季青一起去逛街。

宋贺思蕊问杨季青在干什么，又说不想在家吃午饭了，要不然一起去群光广场吃海底捞吧，吃完就可以直接逛街了。电话那头，在宋贺思蕊的声音之外，杨季青还听到了其他声音，她儿子咿咿呀呀的声音，她妈妈嗯嗯哈哈逗孩子的声音，旁边可能还坐着她的丈夫……之前杨季青去过他们家几次，差不多就是一副这样的场景。杨季青望了一眼冰箱——里面还放着昨天买的排骨、玉米和油麦菜，她本来是打算中午在家做顿饭的，不过她还是答应了宋贺思蕊——她也不想在家做饭了。一个人的饭最难做，做多了吃不完，做少了不够吃，而且一个人再好吃也不好吃。

杨季青看了看表，还早，才十点半。接下来，她把内衣洗了，把地拖了，又给那几盆绿植都浇了水，直到十一点一刻才化了个淡妆出门。从她住的地方到地铁站要十分钟，再坐地铁到群光广场要半个小时，等她到了，宋贺思蕊差不多也到了。

宋贺思蕊比她晚到几分钟，是她丈夫开车送过来的。她似乎天生就有一种这样的能力,让身边的男人都围着自己转起来。乘扶梯上楼时，杨季青暗暗把自己跟宋贺思蕊做了个对比，学历，工作，相貌，家庭，自己并不比她差多少——甚至很多地方比她还强，不过现在她们的差距可就拉开了。她们这个年龄段的女人该有的一切宋贺思蕊几乎都有了，房子，车子，丈夫，孩子，家庭，而很多女人没有的她也有了——杨季青知道，她在公司里还有个相好的……相比之下,杨季青拥有的就太少了，甚至，甚至连个男朋友也没有——杨季青也不知道自己怎么就“剩”下来了。

当天晚上，回到家已经九点多了——逛完街她们又一起吃了晚饭，后来又是宋贺思蕊的丈夫来接的她们，把杨季青也顺路送了回来。逛了一下午，杨季青累了，她想洗个澡就上床睡觉。洗完之后，她才意识到床单还一直在阳台上晾晒着——在此之前她竟然完全忘了这一点。杨季青把床单收回来，铺在那张大床上，前后左右地一点点抻开、展平，这让她又想起来上午晾床单时想到的那个他——他扯住两个角，自己扯住另外两个，两个人把四个角牵开，把那面浅粉色床单铺在褥子上……

铺好之后，杨季青累得一点儿力气也没有了，她顺势在床上歪倒下来。望着浮映在窗帘外面的那些影影绰绰的灯火，她不由得贴紧床单，把头深深地埋了进去。

2

杨季青本科读的是哲学专业，研究生读的是公共事业管理专业。哲学，公共事业管理，对于这些年来热得不能再热的职场来说，这是两个冷得不能再冷的专业，所以从一开始她所从事的工作就与这两个专业完全没有关系——她相中的那些与这两个专业对口的岗位里没有一个相中她的。毕业之后的这些年，杨季青一共换过三份工作，第一份是在出版社做校对，做了五年；第二份是在一家晚报做记者，做了四年；第三份——也就是现在正干着的这份——是在一家新媒体公司做采编总监。

她来这家公司已经大半年了。她原来所在的部门主任汪鹏在他们那家晚报停刊之后出来拉了一笔投资做了这家公司，又拉了她和另外几个同事一起过来做管理，说是“要把纸媒丢掉的阵地重新抢回来”。能不能抢回来、能抢回来多少杨季青不知道，她只知道再在那家只剩下一块招牌的报社继续待下去恐怕连饭都吃不上了。出来了好，那句话怎么说来着——树挪死，人挪活嘛！而且回过头看，杨季青还是对来到这家公司充满了庆幸，要不然，自己现在不知道正在哪儿排着队等面试呢。

这是一家朝气蓬勃的公司，朝气蓬勃一方面是说它志向高远，另一方面是说它员工年轻——平均年龄只有 25.5 岁。这个数字就写在公司进门口的橱窗里，杨季青每天早上都可以迎头看见，每天她都会下意识地拿自己的年龄减一下那个数字。

杨季青知道，要不是他们几个作为管理层的“80 后”拖了后腿，那个数字原本还可以更小一些的，要知道其他一线员工——搞策划的、搞广告的、搞摄影的、搞采编的、搞设计的——差不多都是“95 后”，甚至还有几个“00 后”。这层用意，汪鹏在一开始做这家公司时就跟他们说了，说自媒体的市场在年轻人，要吸引年轻人就得用年轻人。杨季青很认同这一点，是的，得年轻人者得天下，要做就做年轻人喜欢的内容，这才是王道，才是真正的市场之道，而不能再像之前他们做报纸时那样了。

而事实证明，起用年轻人的策略也是完全正确的。才大半年工夫，他们公司运营的两家自媒体就显示出了良好的势头，粉丝量一天天稳步增加，阅读量也一天天节节攀升——偶尔还能出来几个爆款，甚至已经有商家开始主动找上门来谈投放广告的合作事宜了。对于这个成绩，汪鹏表示出非常大的肯定，就像他在会上所说的那样——搞！就这么搞！照这个势头搞下去，别说能把纸媒丢掉的阵地抢回来了，就是别家自媒体的阵地也能抢回来。汪鹏进一步强调说，希望公司的年轻人能多多发挥活力，以新生力量带动中坚力量，把旗下的两家自媒体做成行业翘楚和样板！

杨季青领会汪鹏的这层意思，事实上她也一直在贯彻这层意思，她负责的选题策划、内容采编等等也都尽量让年轻人发挥能动性，尽量贴近年轻人的兴趣和观念！不过，天天被这么一帮比自己小很多的年轻人围拢着、衬托着、提醒着，也让杨季青产生了一个从来没有过的感觉，那就是——自己老了！之前在报社的时候，她还是同事们嘴里的“小杨”呢，现在一转眼就变成了他们嘴里的“杨总”“杨姐”甚至“杨大姐”。听听，杨总，杨姐，杨大姐，这让杨季青经常生出一种岁月无情的感叹，她没想到自己还不满三十七岁呢、还没有结婚呢就已经要退出年轻人的行列了。

是的，尽管不愿意承认，但杨季青也不得不接受这一点。

她是学哲学出身的，她非常清楚长江后浪推前浪、前浪死在沙滩上这个道理。不但接受这一点，同时她也接受年龄在他们身上派生出来的那些东西。是的，虽然平时大家是一个整体，一起上班，一起头脑风暴，一起研究选题，一起吃饭聚会，但在这之外就不一样了。他们年轻人有年轻人的圈子，有年轻人的生活，他们和自己之间的界线是清晰存在的，也是难以逾越的，就像自己这一代人和上一代人之间也有这么一条界线一样。

这么说吧，他们这些“90后”和“00后”压根儿就不关心自己这些“80后”关心的那些东西，什么房子、车子、婚姻、孩子，什么人生、梦想、价值、意义，无论形而下的还是形而上的好像都与他们没有关系，他们好像从来就不考虑这些，也不需要考虑这些。对他们来说，玩，有人一起玩，换着各种花样玩，才是人生中最最重要的部分，就好像那就是他们来到这个世界上和支撑着他们走下去的唯一目的。

这一段他们玩得最多的是密室逃脱和剧本杀。杨季青听编辑蒋扬晨说过很多次了，说那是现在年轻人最潮、最IN的游戏，怎么怎么好玩，怎么怎么刺激。对这种亚文化的东西杨季青并不是不了解，她早就在网上见过，他们公众号也做过推介，不过她还是不明白吸引他们一下班就约着去“逃”去“杀”的点到底在哪里。每个人都仿佛戏精上身般拼尽全力，在一个个背景各异的案件里揪出欺瞒同伴的嫌疑人，享受着用智商和推理碾轧同伴的成就感，或者为一个个情节曲折迷离的剧本而感动落泪甚至痛哭流涕，制造着在虚假情感中找糖、磕CP的满足感，难道就为这些吗？

不考虑未来，也不考虑过去，甚至也不考虑现在，他们几乎每天都沉迷在一场又一场虚拟出来的真实和刺激里面——好像这些就是他们梦寐以求的全部生活。生活？不，杨季青觉得这并不是生活，顶多算是虚拟生活，他们宁愿悬置在半空中，也不愿意降落到地面上来——说白了，这就是逃避现实，对，逃避现实！

年轻人毕竟是年轻人，每一代年轻人都有自己的玩法和活法，杨季青很理解这一点。不过，与此同时她也很清楚另一点，别看他们现在是这个样子，等某个时间点一到，他们就会把那副年轻人的壳蜕掉的，就像鸟蜕毛、蛇蜕皮一样，不想蜕也不行——当年自己也是这么走过来的。到了那个时候，“05后”“10后”“20后”，一茬接一茬的年轻人都冒出来了，他们这些现在的年轻人也都会被挤老的，也都会被挤到自己这个序列上来的。是的，岁月无情，岁月最公平的一点就是对谁都无情。

虽然他们也约过杨季青去“逃”去“杀”，不过她一次也没去。密室逃脱不就是复杂版的闯关游戏么？剧本杀不就是围着一张桌子“过家家”么？她想，这样的游戏自己小时候不知道玩过多少次了。杨季青不需要这些，她有自己的生活方式，逛街，看电影，喝下午茶，或者做做家务，浇浇绿植，看看书，刷刷视频，用一句时髦话说，那不香么？是的，年轻人那套已经不适合自己了，对下个月就要过三十七岁生日的自己来说，生活并不是虚拟的，而是非常现实的。具体说，杨季青最现实的需求只有一个，那就是尽快找个男朋友，尽快把自己嫁出去，尽快过上此前是父母希望她过上现在是她自己也希望过上的那种生活，就像她的同龄人几年前就过上的那样。

3

把目光投向目前最火的那款交友软件，是杨季青把自己认识的那些适龄单身男性挨个扒拉过来一遍之后。扒拉过来一遍她也没扒拉出来一个跟自己合适的，甚至有点儿可能性的也没有。这让杨季青不得不转向了网络，她下载了那个 App，注册了账号，又把自己的条件和要求的男朋友的条件都一一列了出来。虽然也知道这无异于大海捞针，不过杨季青还是想试一试。大海捞针，万一就捞着了呢，是吧？

不得不承认，网络的力量是巨大的，它是当今掌握着最多资源的媒婆，并为所有单身男女都架起了一条自由通往彼此的鹊桥。仅仅三天后，杨季青就收到了几十封热情洋溢的“私聊”。按照要求，他们或详或略地介绍了自己的身高、体重、学历、兴趣、爱好等等情况，有的甚至还发来了照片，生活照，艺术照，应有尽有。

在这些应征者中间，有一个网名叫“凯撒大帝”的表现得最积极，每天都给杨季青发来十几条“私聊”。他和杨季青算是同龄人——比她小一岁多，本地人，身高一米七四，体重六十五公斤，本科学历，大学学的是国画专业，现在在一家艺术培训机构当老师……对于“凯撒大帝”的情况——如果他所说的都是真的，杨季青基本上是可以接受的，跟自己之前设想出来的那个“他”基本一致，相貌上也比较接近。杨季青看过“凯撒大帝”发来的照片，他坐在一块石头上，以四十五度角仰视着右前方，一副干干净净、斯斯文文的样子，虽然谈不上有多帅吧，但最起码不是自己讨厌的类型。

聊到一周的时候，“凯撒大帝”主动约杨季青出来见面。

虽然还没有做好这么快就见面的准备,不过最后她还是答应了。她想，见见还是很有必要的，百闻不如一见，见了面才知道是不是合适，不然聊热乎了见面又发现不合适岂不是白费热情?

他们约在粮道街上的一家小馆子吃晚饭，他请客。杨季青看得出来，“凯撒大帝”对自己是比较满意的，要不然他也不会比“私聊”里表现得还要热情了，一直在寻找着话题。当然，杨季青对坐在对面的“凯撒大帝”也算是满意的，相貌，气质，衣着，谈吐，虽然比自己想象的那个“他”差那么一点儿，但是也靠得上去。唯一让杨季青吃不准的，是“凯撒大帝”身上让她隐隐感觉到有点儿什么不对，至于是什么不对，她一时也说不上来。杨季青告诉自己，自己的条件也就那样，别太挑剔了!

吃完晚饭已经九点了，“凯撒大帝”还没有要回去的意思，他去买了两杯咖啡，又提议一起在附近走走。他们从粮道街拐上胭脂路，从胭脂路拐上民主路，接着又穿过古楼洞。走到蛇山脚下的时候，“凯撒大帝”往山上拐了上去，杨季青愣了愣，但还是跟了上去。爬到山顶，他们又沿着那条灰白的小路往另一头走去，更准确地说，是杨季青跟着“凯撒大帝”往另一头走去。现在天色已经黑透了，杨季青有些担心地问他，我们要去哪？也不去哪！就在山上随便走走，看看，他回过头来说。几个夜跑的人从对面跑过来，他们从旁边跑过去的时候，杨季青稍稍把心放了下来。

在那条小路尽头的一座亭子里，“凯撒大帝”坐下来，杨季青也在距他一米开外的石凳上坐下来。在他们面前，是一层层矮下去的黑色树冠，再远处是一排排鳞次栉比的灯火，更远的地方矗立着几座尖顶教堂。杨季青知道，在那几座尖顶教堂附近的某个位置就是自己住的地方。她给“凯撒大帝”指了指那个方向说，我就住那边！

过了一会儿，“凯撒大帝”走过来，走到杨季青背后，用两只手环扣着抱住她，又分出来一只手往她胸前摸索过去。你干吗？杨季青下意识地挣脱开说。不干吗！“凯撒大帝”笑着说。杨季青跳到旁边看着他，虽然看不清他的眼睛，但她能感觉到他目光里面的那股邪火。她是一个女人，一个不是不知道男人是怎么回事的女人，她当然知道他的那股邪火来自哪里，同时又意味着什么。杨季青心里“咯噔”了一下。

这有什么呢？都是成年人了，对吧？“凯撒大帝”说。杨季青没吭声。她不知道他怎么会有这种想法，成年人怎么了，成年人见第一面就可以这样吗？几分钟后，当“凯撒大帝”又朝自己走过来时，杨季青躲开了。你干吗！她问他。不干吗！他又笑着说。过了一会儿，在感觉到继续待下去会更加危险的时候，杨季青匆匆向“凯撒大帝”丢下一句“我该回去了”就从凉亭里跑了出来，跟着一个夜跑的人下了山。

回到家，杨季青打开电视机呆呆地坐了一会儿，屏幕里的那种闪烁和嘈杂让她感觉到安心，进而慢慢平静下来。过了几分钟，她听见手机一连响了好几下。是“凯撒大帝”，他问她到家了没有，在干什么，是不是生气了。杨季青没回他。几分钟后他又发过来几条，问她是不是正在忙着，对自己的印象怎么样，以及什么时候再见面。杨季青还是没回，现在她一个字都不想回了。没多久，他又发过来一个问号，几分钟之后又是一个。在“凯撒大帝”发过来第四个问号的时候，杨季青把他拉进了黑名单。她想，怎么会有这样的男的？怎么自己一出手就碰上了这样的男的？

在阳台上，杨季青注意到对面那两扇亮着灯的窗户。左边窗户里有一个正洗洗涮涮的女人；右边窗户里有一个男人和一个男孩子，前者正坐在沙发上看电视，后者正趴在沙发前的茶几上写着什么。杨季青又想起“凯撒大帝”，想起他刚才的举动。是的，他明明可以得到自己的，自己对他又不是不满意，这是早晚的事，也许自己和他还能走得更远，走到对面那对男女正在进行的那一步，但是他一动手就不一样了，就把自己动出局了，在为他感到遗憾的同时杨季青也为自己感到遗憾。

这时候，杨季青听见下面的胡同里有一个男人的声音，他一边走出去一边打着电话。你到了是吧？她听见他对电话那头说，我现在就去接你，你到那个什么玉美食城门口吧，那个叫什么玉了，那个字我不认识。杨季青想起来了，他说的是“馔玉美食城”，那五个巨大的灯箱字就挂在入口处，杨季青每天都能见到两次，上班时一次，下班时一次。馔，那个字念“馔”，志——武——安——馔，杨季青朝他喊了一声——她也不知道为什么这么做。那个男的回过头来看了几眼，最后才发现二楼阳台上的杨季青。谢谢！他说。杨季青笑了笑，接着就看见那个男人和他忽明忽暗的烟头拐过去了。

几分钟后，杨季青看见那个男的领着一个女的走过来，一路说笑着走到胡同里面去了。她摁亮手机看了看，现在已经十一点了，不过远处的龟山电视塔还在亮着灯，长江大桥也还在亮着灯。望着它们勾勒出来的那道天际线，杨季青想，看来网上找对象这条路也走不通了，也许只剩下相亲这条路了。好吧，反正豁出去了！杨季青暗暗下定了决心，她想明天一上班就把自己要相亲的消息撒出去，把闺蜜、朋友、同学、同事都发动起来，她不信那么多人还不能给自己找合适的男朋友。

4

周日下午，两点半，按照约定的时间走进蓉园咖啡馆的时候，杨季青看见汪鹏已经到了，他介绍的那个男的也已经到了，他戴着黑框眼镜，穿着一身灰夹克，里面是一件带有竖格子条纹的衬衣……那个男的坐在靠窗那张圆桌的左边，汪鹏坐在右边，他们中间的那把椅子空着——杨季青知道那是留给自己的。她加快脚步朝那把椅子走过去，并在走过去的同时冲他们俩做了一个不好意思来晚了的表情。

等杨季青坐下来，点了一杯橙汁，给他们俩做了一番简单介绍之后，汪鹏就离开了，说是家里边临时有点事情要回去一趟。杨季青很清楚这是借口，她也很清楚坐在对面的灰夹克肯定也很清楚这是借口。汪鹏离开之后，杨季青放松了一些，她能看出来对方也是。灰夹克笑了笑说，你好！杨季青也笑了笑说，你好！

没有拐弯抹角，也没有层层铺垫，接着灰夹克就竹筒倒豆子般把自己的情况都说了一遍。他比杨季青大一岁，也是研究生毕业，本地人，独生子，父母都是药厂刚退下来的职工。我原来在卫生局，现在在区委办，三级主任科员，二十一级，相当于原来的副科，副科是什么级别你知道吧？灰夹克最后说。怕杨季青不太明白，他还特意在“区委办”“副科”那里加了重音。知道！杨季青点点头说。她研究生读的是公共事业管理专业，有门课就叫行政管理学，当然知道副科是什么级别。

杨季青还知道，这种级别的人脸上经常会有一种高人一等的优越感——自己跑新闻的时候见多了，灰夹克脸上现在就有这种优越感。她喝了一口橙汁，然后把目光移到他旁边那盆吊兰上去了，尽量不去注意灰夹克的脸。接下来，没等杨季青再开口，灰夹克就把一个接一个问题抛了过来，他把目光从镜框上面翻出来，像一个经验丰富的政审干部似的把她的工作、家庭、学历以及之前谈的男朋友都问了一遍。杨季青用尽量少的话一一作答，答完就不再吭声了。而灰夹克也沉默了下来。

听汪总说你在他的公司上班，像你们这种单位，肯定是没有编制的，是不是也没有社保，更不会有公积金吧？沉默了一会儿，灰夹克突然没头没尾地冒出来这么一句。杨季青不知道他到底什么意思，是在询问她还是在显摆自己。她忍受着这一点，同时又尽量不表现出来自己的忍受。当然有社保了，也有公积金，杨季青望着他说。这是国家规定，民营公司也不能违反国家规定吧，她又补充道。

那是！那是！灰夹克听出了杨季青的言外之意，不好意思地笑了一笑，笑容是从刚才问话时那种不屑的表情里挤出来的。接着他话锋一转，又说起了在体制外工作的辛苦，说自己刚毕业的时候也在体制外的单位待过，说那时候也是没日没夜地加班，又说非常能理解杨季青和她这样的人，说他们也为经济发展做出了巨大贡献，非公有制经济也是市场经济的重要补充……就像是打过一巴掌之后又揉揉对方。

当然，这年头大家都辛苦，我们也一样，都说公务员轻松，那是瞎说，这个世界上就没有轻松的事儿。杨季青注意到他说的是“我们”，不过她知道他说的“我们”里并不包括她和她这样的人。所以，他顿了顿说，我的想法很简单，就是找个能分担压力的女孩子。杨季青点点头，但很快她就发现点早了。具体说就是在家带带孩子、洗洗衣服、做做饭，班可以不上，他继续说。杨季青皱了皱眉，都什么年代了还那么大男子主义，而且再说了，八字还没一撇呢，他就跳到结婚之后去了。

杨季青知道，自己虽然不是一个女权主义者，但也绝不是一个附庸品。和这样的人在一起，恋爱，结婚，养育一个孩子，那就是给自己找了个仆人的差事，一辈子什么事都不要做了，凭什么？就凭他是男的自己是女的？就凭他是公务员自己是打工的？况且，真要比较起来，谁比谁的收入高，谁比谁交的税多，还不一定呢！

你，灰夹克推了推眼镜说，你之前没结过婚吧？杨季青愣了一下，她不知道他怎么突然会冒出来这么个问题，难道，难道自己看起来像一个结过婚的女人？或者他觉得自己到了这个年龄肯定是离了婚的？怎么了，杨季青白了他一眼说，结过怎么样？没结过又怎么样？哦哦哦，我只是随便问问，灰夹克端起水杯喝了一口说。

结过啊！当然结过了！杨季青说，才离没多久，有一个两岁半的儿子，跟我！哦哦哦，这样啊，灰夹克吃惊地说，接着又做出来一副现在才知道的样子。怎么？杨季青问，有什么问题么？没有，我随便问问，灰夹克说，汪总也没跟我说过。他不知道！杨季青说，我也没跟他说过！接下来，灰夹克明显就没有了聊下去的兴致。续加的那杯水喝到一半时，他看了一眼表，说还有个会要开，接着连联系方式也没留就离开了。杨季青知道是自己的瞎话起了效果，当然，那也正是她想要的效果。

第二天上午，开完选题会要离开汪鹏办公室的时候，杨季青想着他要是让自己留下来问起昨天和灰夹克聊得怎么样时该怎么回答他——她准备实话实说。不过出乎意料的是，汪鹏并没有让她留下来，更没有向她问起这一点，就好像他压根儿就不知道这件事一样。杨季青犹豫了一下，她想着是不是应该主动跟汪鹏说说，她又想了想，决定还是不说了——毕竟不是一个好结果，说了只会让他难堪，进而影响到他们之间的关系；再说了，给自己介绍对象无论怎么说他也是出于好心。

不过，昨天见面的情况在杨季青心里就像块面疙瘩一样，一点点变大起来。到了半下午的时候，她实在憋不住了，不找个人说说这件事她觉得自己就快要原地爆炸了。她把蒋扬晨叫到办公室，跟她说了说昨天见面的情况，说昨天去见了一个朋友——她没说是汪鹏——介绍的相亲对象，说没想到现在还会有这么大男子主义的男的，说自己就是一辈子找不到男的也不会找一个这样的男的！说完，杨季青又跟蒋扬晨一起把灰夹克骂了一顿。真是的，还会有这样的奇葩！蒋扬晨不解气地说，杨姐，这样的男人死一个少一个——他哪里是要找老婆啊，分明是在找老妈子嘛!

5

这是一个名为《最终较量》的剧本，讲的是一个身价过亿的老板在办公室被毒身亡之后，那些可能下毒的凶手——他的妻子、小三、男秘书、女秘书、合作方、好友、财务总监、看门老大爷——在法庭上一起受审的过程。除了主持人，一共有八个玩家，每个玩家都有可能是凶手，而每个玩家要做的就是根据自己的角色轮流发言，在发现别人破绽的同时又尽量把自己的破绽隐藏起来，大家再根据搜证结果一轮轮投票推凶，直到把凶手揪出来——或者揪不出来，最后再由主持人复盘。

这也是杨季青第一次来玩剧本杀。今天下班的时候，蒋扬晨找到她，说想去玩一个新本子，不过没找到一起去玩的人，她问杨季青有没有时间一起去，那家店刚刚起步，可能有一些推广项目可以合作……杨季青原本是不想去的——就像之前那么多次都没去一样，但听到最后一句的时候她又动摇了，想着回家也没什么事，还不如去碰碰运气。蒋扬晨的最后一句是这么说的，杨姐，你不是要找男朋友么，剧本杀可是最热门的脱单神器……杨季青知道，就是这句话把自己带过来的。

但是，一来到这里，一见到那些玩家，杨季青就基本上不再抱什么希望了。是的，她又怎么能希望得起来呢？除去她和蒋扬晨之外，还有六个玩家——四男二女，那四个男的明显比自己小太多，青涩，稚嫩，一脸的学生气，顶多也就二十出头吧，自己差不多都可以给他们当妈了。不过杨季青转念又一想，算了，来都来了，还是玩一次吧，就当是体验体验年轻人的生活，或者拉个业务什么的。

介绍完剧本，主持人就开始分配角色。八个玩家，一个玩家一个角色，杨季青拿到的那个角色是“汪丹丹”，那个被下毒身亡的老板的妻子，一个有两个孩子的母亲，同时还是一家西餐厅的合伙人。当然，汪丹丹最重要的那个身份并不是上述这些，而是那个发现丈夫养了小三之后在他饭菜里面下毒的凶手，也就是说，杨季青一方面要尽力掩饰住自己——“汪丹丹”——作为杀夫凶手的身份，另一方面要尽力把这个杀夫凶手的身份栽赃到其他角色身上，直到最后胜出，或者被识别出来。

关了灯，点上蜡烛，房间里的一切就不一样了。刚才的游戏现场立刻就变成了审判现场，每个玩家也都变成了各自拿到的那些角色。杨季青看得出来，他们都是一些老玩家了，表演都十分到位，情绪也都拿捏得恰到好处——起码在她看来是这样的。而相比之下，她觉得自己就生涩多了，只能按部就班地根据汪丹丹的一言一行走下去，不过她觉得这也没什么，反而正可以进入那个角色，成为那个角色。

这是一场长达五个半小时的审判，每个玩家都使出浑身解数来洗刷自己作为凶手的嫌疑。四个半小时后，经过一轮又一轮漫长的公聊、私聊和投票推凶，先后有五个玩家出了局——让杨季青出乎意料的是，拿到女秘书角色的蒋扬晨也出了局，而更让她出乎意料的是，自己竟然没有出局。杨季青不知道是不是因为自己是新人的缘故，自己没有使出浑身解数的表演反而救了自己，让所有人都不怀疑自己？

最后的较量在杨季青、一个卷发女生和一个戴帽子的男生之间展开，那个女生拿到的是小三的角色，那个男生拿到的是看门老大爷的角色。现在，杨季青认定是那个女生下的毒，而那个女生则认定是杨季青下的毒，她们俩都要争取那个男生。

我？我怎么可能会下毒呢？我是他的妻子啊，我们还有两个孩子！杨季青说。卷发女生反击道，是的，你是他的妻子不假，不过你正是利用了这一点来隐藏自己的凶手身份，一定是这样的，大家不要被她蒙蔽了。不可能！绝对不可能！杨季青带着一丝哭腔说，只有小三才会这样栽赃，下毒的肯定是她，因为她想占有我老公的财产……杨季青控诉着，就好像自己在现实中的男朋友、未来的丈夫——那个“他”——真的就被下毒身亡了一样。而接下来，想到之前的“凯撒大帝”，又想到之前的灰夹克，杨季青觉得自己从来没有那么屈辱过，最后她“哇”的一声哭了出来。

杨季青的号啕大哭，让那个戴棒球帽的男生——看门老大爷——最后倒向了她这一边，他把凶手的认定票投给了那个女生。游戏结束了，杨季青赢了。当主持人宣布她赢了的时候，她还在哭，头埋在桌子上，肩膀一耸一耸的。

现在，主持人打开了房间里所有的灯。灯一亮，持续了一晚上的审判现场马上恢复成了游戏现场，房间里的一切也都恢复成了原来的样子，每个玩家也都恢复成了现实的自己。眼前的这一切也让杨季青迅速恢复过来，她马上停止了哭泣，并为自己刚才的哭泣而感到一阵不好意思，她很清楚自己刚才为什么会哭。

复盘游戏的时候，主持人对每个玩家都作了分析点评，她对杨季青的整体表现评价最高，说别看她第一次玩，却玩得非常好，首先是入戏能力，和自己的角色贴合得很近，代入感很强；其次是隐藏能力，把凶手身份隐藏到了最后一轮，而且隐藏得天衣无缝，骗过了所有人；再次是渲染能力，能让玩家对她产生共情，成功博得他们的信任，尤其是最后那一哭，哭得可圈可点，拉升了整个游戏的高度……

现在杨季青的心情已经平复了，听着主持人那番话，尤其是她所说的那三个能力，她在心里笑起来。她想，我只不过是代入了一些现实感受而已——自己连个男朋友都没找到呢，丈夫就被毒死了，还被说成投毒凶手，你们其实根本就不明白……

杨季青又问蒋扬晨，刚才我的表现是不是太假了？太过了？蒋扬晨看着她摇了摇头说，怎么会呢，你演得那么好，那么投入，把那么假的戏演得那么真，完全就是一个戏精啊！杨季青心里颤了一下，她注意到蒋扬晨最后用的那个词——“戏精”，那正是之前自己说他们年轻人的用词。戏精，戏精，杨季青来来回回品味着这顶被戴到自己头上的帽子。戏精，哦，你们才是戏精呢，她想，我可不是什么戏精，我只不过是……不过杨季青并没有跟蒋扬晨解释这一点，当然，也没办法跟她解释清楚。她对蒋扬晨笑了笑，打了个哈哈说，是的，戏精！我们每个人都是戏精！

6

年轻人就是年轻人，游戏散场之后还不算完，他们又嚷嚷着要到附近的烧烤摊子上去宵夜。杨季青没有去，之前的那一哭让她不好意思再面对他们了,同时她也觉得应该回去休息了，自己已经很多年没在外面玩到那么晚了。她说了个不得不回去的理由，然后就下了楼。在楼底下的那排共享单车中，杨季青扫了一辆，她想骑回去，从玩剧本杀的地方到她租住的房子那里并不算太远，十分钟就可以骑到。

现在已经是深秋了，空气中浮游着一层凉意，杨季青一边骑一边感受着那层凉意和自己制造出来的那阵风。拐上武昌路之后，她听到一阵阵清脆的声音，那是车轮碾过路面上那层落叶的声音。杨季青熟悉这样的声音，虽然她已经很久没听过这样的声音了。很多年前，也是这个季节，每天下了夜自习之后杨季青都骑车回家，从那条两边都是高大银杏树的马路上经过时，车轮底下也经常发出这样的声音。

杨季青把速度放慢下来，半圈半圈地蹬着踏板，她喜欢车轮碾过落叶时碾出来的这些松脆清越的声音，也喜欢伴随这种声音而来的这些绵软穿透的味道。这些久违的声音和味道，让杨季青觉得它们就像是从很多年之前发出来的，它们走得非常慢，严格按照自己的节奏和速度，以至于直到现在它们才追赶上这个年代。

在某个恍惚的瞬间，杨季青觉得自行车把自己又带回了那个年代，现在的自己也返身成为当年那个自己。那时候自己还很年轻，比现在的“95后”甚至“00后”还要年轻，互联网还没有到来，手机也没有到来，自己还有着一生中最强烈的进入这个世界的愿望和热情，每天都在调动着全部的感官去感受这个世界，那些感受当时已经被完整地封存在了自己的血液中……而现在，再次听着这些声音，再次闻着这些味道，杨季青虽然还能把遥远而隐秘的那些感受再调出来，但是它们却好像掉入了时间的深渊而变得越来越小了——时间逐渐变成了空间，然后又形成了距离。

或许人类现在已经进入了一个仿真社会，仿真的东西大规模地取代了真实和原初的东西，现实被混淆了，不存在了，杨季青想。接着她又想起来，这还是读大学时一位老师推荐的一本书里提到的，一个叫鲍德里亚的哲学家写的一本什么书里。

回到家，洗完澡上了床，杨季青又过电影般把那个剧本过了一遍。现在她已经完全跳出来了，可以重新打量它了。是的，那当然是一个粗制滥造的剧本，一个漏洞百出的剧本，一个非常庸俗的剧本，现实中怎么可能会有那样的男的？怎么可能会有那样的小三？又怎么可能会有那样的妻子？杨季青不知道自己当时怎么了，竟然会被这么烂的剧情和角色带进去，又把自己的那个他牵出来，以至于那么失态。

过了一会儿，杨季青又想起那个他来，不知道什么时候会降临到现实之中被自己遇到的那个他。杨季青想象着他的鼻子，他的眼睛，他的嘴巴，他的眉毛，他一下一下温热的脉冲……杨季青一点点勾勒着它们的样子，把它们拼起来，拼成一张正向自己走过来的脸，那是一张她已经无比熟悉的脸。但是，拼着拼着杨季青就拼不下去了，她发现无论怎么拼都拼不成了，她每拼一次那张脸就离她远一点，直至越来越远，也越来越小，最后成为一个灰白色的光点，接着就消失了。

杨季青不想再想下去了。她想，所有该试的和能试的都试过了，看来短时间内碰到他把他从人群中拎出来的可能性越来越小了。那无异于大海捞针，不，无异于大海里的一根针碰到另一根针。想到这里，她突然鼻子一酸，又哭了出来。

平静下来，杨季青去接了杯水，虽然她并不觉得渴。走到床头，坐下来，她眼神空无地望着从窗帘外面隐隐透过来的光，双手竭力捕捉着从杯子里散发出来的每一丝热量。怔了一会儿，杨季青下意识地在被单上画了起来，先是画出来一颗心，接着又在它旁边画出来另外一颗，再接着又画出来一支箭，一支把两颗心穿在一起的箭。画完后，她才意识到自己画的是什么，她愣了一下，怎么画了这个呢？

仔细回忆了一会儿，杨季青才想起来，这应该就是晚上在玩剧本杀的那个房间里看到的那副两颗心和一支箭的图案，那两颗心是红色的，那支箭是蓝色的，它们就涂在那个房间窗户的左边，正对着自己的座位，一抬眼就能看到。是的，一定是自己的潜意识注意到了它，又不知不觉地印下了它，杨季青想。盯着床单，等自己摁划下去的部分慢慢弹起来，那两颗抽象而又具体的心和那支箭消散掉之后，杨季青就上了床。她又把床头灯关了，歪躺下来，让房间里的那团黑暗笼罩住自己。

视觉上的关闭带来的是嗅觉上的开启。灯一关，杨季青立刻就闻到了淡淡的洗衣液的味道，好像之前她压根儿没闻到似的。那很好闻，杨季青抽抽鼻子，嗅捉着浮游在床单表面和空气中的那些味道。接着，她又想起来之前想到的那两幕，想起来和自己一起叠床单、铺床单的那个他，那个本应躺在自己身边但却被一团黑暗和虚空代替的他。他现在在哪儿呢？什么时候才会出现呢？杨季青不由发起怔来。

过了半个小时，杨季青还是没睡着。她爬起来，走到窗边撩开帘子望了望。远处还是那道暗蓝色的天际线，不过现在长江大桥和龟山电视塔的灯已经灭了,对面那栋楼里的灯也灭了，杨季青觉得外面的一切好像都在离她远去，越来越远。她又想起来自己的那个他，此时此刻，她不知道自己等待的那个他正待在这座城市的哪个角落，不知道他是不是像自己一样也正在望着窗外，也正在等待着一个迟迟没到来的女朋友——杨季青又想，不知道他晚上是不是像自己一样也和一帮年轻人去玩了一场剧本杀，也被一重接一重的现实推挤着，掉进了一幕又一幕的虚象之中。

教育家

母亲去世之后的第三年，父亲刚好满七十岁。我把他们在江对岸住了快一辈子的那套两室一厅卖了，在我住的小区旁边买了个二手房，把父亲接了过来。那边是单位分给他的房子，在六楼，没有电梯；这边也没有电梯，不过这边是二楼。父亲嘴上说没必要，他还能再爬几年楼，不过在我坚持要这么做的时候，他并没有再坚持下去。我之所以这么做，一是他年纪大了，住得近了方便有个照应；二是我和江韵琴都很忙，在我忙她也忙的时候也有个替换，父亲可以帮我们接送一下儿子，老人最喜欢干这个。从我们小区到儿子就读的那所小学，走路只需要十分钟，累不着他；而且他当了一辈子老师，年年都被评为教育先进工作者，中间还做过一届校长，对教育孩子很有一套。

这个二手房我简装了一下，主要是装了地暖，父亲有风湿性关节炎，这样冬天他就不用再像之前那样一天到晚地烤个小太阳了。本来，我想把家具也都换成新的，也花不了多少钱，但父亲一再坚持说不用，在这一点上他坚持了自己的意见，把原来房子里的那些东西都一件不落地搬了过来。他说那些东西已经跟了他几十年了，有感情了，而且基本上都还能用，用不着再去花冤枉钱。

客厅，卧室，书房，厨房，他把这儿几乎又布置成了原来那套房子里的样子，东西也差不多按照原来的位置摆放起来。我可以理解他这种想法，人一旦上了年纪就会有这样的想法，想躲在自己熟悉的环境里，想头埋沙堆，但这并不代表我就会认同这种想法，我也还远远没有到让我产生那种想法的年龄。有时候我推门走进去，置身其中，就像又回到了江对岸的那个家，他和母亲经营了将近半个世纪的那个家，我在那里出生、长大直到读完大学后才离开，那些东西会让我在恍惚之间产生一种时光倒流的错觉。我不知道大哥、二哥每次进来的时候会不会也有同样的错觉。

书房里，还是贴墙一排书架，书架对面的墙上还是挂着那幅世界地图和中国地图，书架和地图中间还是那张桌子，上面还是压着那块玻璃，玻璃和桌面之间压着的还是父亲这辈子的高光时刻。具体说，那是一张已经松脆泛黄的报纸，上面有他荣获省级教学名师时的一篇报道，第六版，他一个人独占半个版面。那是 2000 年 9 月 4 日的一张都市报，报道的是他的新式初中语文教学法，他把学生们带到郊外、带到田里、带到山上、带到村里，让他们亲眼看看他们要写的那些东西，等有了切身感受再下笔,而不是像之前那样坐在教室里摇头晃脑地想，假大空地瞎编一气，或者这儿那儿地抄一点拼凑出一篇什么东西；不过这是当年，搁现在，他那一套早已经不再是什么新鲜理念了。

跟在那边一样，都安顿下来之后，父亲就自己开伙了。他那边一开伙，我们这边也就很少再开伙了，晚饭几乎都去他那边吃，我，江韵琴，还有我们读小学二年级的儿子。父亲烧得一手好菜，尤其是我从小到大都很熟悉的那种菜，现在他烧得就更好了。我和江韵琴的手艺比他差远了，而且我忙，她也忙，下班回来后我们谁都不想做饭。逢年过节的时候，端午，中秋，冬至，春节，大哥和二哥也会过来。大哥一家，二哥一家，我们一家，再加上父亲，一共十几个人，于是我们就不得不把里间的那些塑料凳子都搬出来，把平时折叠起来的那张橡木餐桌打开。那是父亲那儿一年到头为数不多的几次热闹的时候——他的另一种高光时刻，我们围着他做的那些色香味俱全的饭菜吃喝，轮番给他敬酒。跟以前唯一不同的是，以前母亲就坐在父亲旁边，而现在她只能挂在墙上看着我们。

父亲住的这栋楼是本市最早一批商品房，上面五层是住家，下面一层是底商，铺面都在临街朝向马路的那一侧。边上一间是一家老年婚介所，面积不大，卷帘门下面是两扇玻璃推拉门，外侧墙壁上贴着一些期待着人生第二春的老头老太太们的信息，一个矮矮胖胖的、发髻高挽着的、脸上搽得惨白的老女人长年坐在门帘里面，我几乎没见有什么人光顾过。后来，不知道那个老女人从什么途径知道了父亲，知道了父亲的情况，就一直热心地要为他介绍个老伴。她说她那儿什么样的老太太都有，高知款的，保姆款的，管家款的，伙伴款的，情人款的，应有尽有，总有一款是适合父亲的。

她跟我父亲说过，跟我妻子说过，跟我也说过。对于这一点我并不反对，我问过大哥和二哥的意见，他们也都不反对。但是我知道，不反对并不代表我们就可以高高兴兴地接受，尤其是我。相比于两个哥哥，我和父母在一起生活的时间要更久一些，我已经习惯了他们互相作为对方另一半的形象出现在眼前——现在是回忆中。是的，人老了需要陪伴，需要交流，结伙过日子是很多“鳏寡孤独”的普遍选项，但我还是难以接受一个什么款的老太太和父亲生活在一起,代替母亲的那个角色。

不过，有些出乎我意料的是，父亲并没有接受那个老女人的好意——他完全有理由接受的,就像那个老女人所说的那样,以他的条件，可以在那些优秀的老太太们中间随便拔尖儿挑一个的。但是他并没有，他说他不需要，他不孤单，他已经习惯了一个人，而且他手头上还有很多事情要做。

在某种程度上，我对他的这个选择充满了敬意，他完全可以但是并没有那么做，这就说明了所有问题。起码说明了他是一个重感情的人，并没有忘掉我的母亲，她在他心里还有着独一无二的地位，同时这也是父亲在晚年所能做的对他们持续了将近半个世纪的美满婚姻的最好的一份交待——至少在我看来是这样的。父亲是 1946 年的，母亲小他一岁，他们是同一个县里不同镇子上的，在那个火热的年代，他们是在搞“串联”时经人介绍认识的。他虽然是师范学校毕业的中专生，但是出身却不太拿得出手；而母亲虽然没有读过什么书——只念到小学三年级，背后却有一个“根正苗红”的家庭；再接下来，她并没有因为他的出身而像她的家人那样嫌弃他，他当然就更没有理由嫌弃她了。

他们 1966 年结的婚，1967 年有了我大哥，1974 年有了我二哥，1981 年有了我，就像算好了似的，他们把我们三兄弟以每隔七年一个的节奏带到这个世界上，并把我们抚养长大。父亲一直都在教书，母亲一开始在食品厂，后来一直在家带我们几个，等到最小的我也上了学，她又先后去过纸箱厂、炼油厂、棉纺厂，最后是在棉纺厂前纺车间下的岗，被买断工龄。在我从小到大的记忆中，他们一直都是那种患难与共、相濡以沫的夫妻，没红过脸，没吵过架，更没动过手——他们俩合起来对我们兄弟三个动手倒是常有的，这一点我最有发言权，我是三兄弟中挨打最多的那一个。是的，他们这代人的婚姻是我们这代人的楷模，而他们也一直都是他们那代人婚姻中的楷模。我至今还记得，在我们那栋教育系统的家属楼里，他那些因为这样那样的原因而造成后院起火、闹得鸡飞狗跳的同事们和他们的老婆还经常需要他们俩一起出面调停，他做男方的工作，她做女方的工作。

大哥是最先从那个家搬出去的，接着是二哥，后来等我也参加工作买了房，江对岸那个家就只属于他们俩了——就像一开始它也只属于他们俩一样。再接下来，退休在家的父亲，下岗在家的母亲，他们就过上了一生中殊为难得的一段清闲而幸福的日子，种花种菜，看书看报，比他们同龄的那些为子女和子女的子女操碎了心的老伙计们过得强太多了。他们不用给老大家带孩子，不用给老二家带孩子，更不用给我看孩子——当时我还没有结婚，时间属于他们，精力属于他们，退休金也属于他们，他们想怎么花就怎么花，想怎么玩就怎么玩，直到后来母亲害上了半身不遂。

自从母亲卧床不起一直到去世，父亲前前后后伺候了她将近十年。洗衣，做饭，打扫，给她擦洗身子、喂药、换洗，陪着她一起做复健运动，两个人的大大小小、里里外外都成了他一个人的，日复一日，年复一年，他就像我们请过来的专职护工一样兢兢业业。十年，十年是什么概念？这是我想都不敢想的，别说伺候另一半了，就算伺候父母我也不一定能保证有那样的耐心。不，不是不一定能保证，而是一定不能保证，因为事实也差不多就是这样的。在母亲躺在床上的那十年里，大哥，二哥，我，我们三兄弟每个人出现在床前的次数都屈指可数；去了，也无非就是看看而已。是的，在这一点上我们都应该感激父亲，是他一直在照顾母亲，同时也是他在替我们三个儿子尽孝。

现在，母亲走了，把父亲从十年的劳役中解放了出来，我把他接到了身边。从某种意义上说，这未尝不是一件好事，他可以再次过上母亲生病之前的那种好日子。的确，他每天几乎什么都不用做，只需要早晚接送一下孙子、给我们一家三口同时也给他自己做顿晚餐就行了。

但是他并没有选择过那样的日子。事实上，一天之中的大部分时间，在送完我儿子到把他接回来的那段时间里，在买菜和给我们做晚餐之外的那些时间里，父亲基本上都在书房里忙碌着。他坐在那张桌子后面，戴着那副戴了很多年的眼镜，握着那支握了很多年的钢笔，看书，查资料，做卡片，在一沓稿纸上写写画画、涂涂改改。我知道——他之前跟我提过几次，他是在写一本书,一本能总结他当了一辈子语文老师经验的书，他想把自己摸索出来的那一套毫无保留地传给需要它的人们。

不过，我想现在恐怕没什么人会再需要他那一套了，时代已经完全变了，早就不是他们那个时候了。但我并没这么说，他既然想写那就让他写吧，人老了，老伴也不在了，手上总要有个什么东西牵着往前走不是？所以，自从知道他动了笔，我就一直都在这么鼓励他，我说，写吧写吧，等你写完了，我就找个出版社给你出出来。我想的是，到时在快印店给他印个几十上百本就行了，够他送当年一起并肩战斗过的那些老家伙们的了；如果他非要弄个正规出版——很多人一生中最后剩下来的那点儿敝帚自珍我完全理解，那也不是什么难事，我们三兄弟凑钱满足他这点儿愿望就是了。

三万、五万、七万，这点儿钱我们几个还是能凑出来的。大哥在港务局，是个小领导；二哥在建筑设计院，是个小有名气的设计师；我跟几个朋友合伙做了一家进出口公司，把国外需要的国内的紧俏货倒腾出去，也把国内需要的国外的紧俏货倒腾进来。我们每家的日子都还过得去，不说比上怎么样，至少比下有余吧。当然，我们三兄弟能走到今天这一步，在很大程度上也都是父亲教育出来的结果，不是他以自己书中摸索出来的那一套教育出来的结果，而是他以一个父亲的方式教育出来的结果——他在家里跟在学校里正好完全相反，一直都把棍棒教育奉为对付我们三兄弟的法宝，我们三个都没少挨过他的打。棍棒，鞋底，皮带，鸡毛掸子，他操起来什么就是什么。

他的书稿进展得比我想象的要快，不到半年工夫就写了一半。有一天晚饭之前，他以让我帮他整理稿子的名义把我叫了过去。你们俩最近怎么样啊？坐下来，他并没有跟我说稿子的事，而是没头没尾地冒出来这么一句。谁，谁们俩？我问。还有谁？他指了一下窗外我们小区的方向，意思是说我妻子。哦哦哦，挺好的啊，以前是什么样现在还是什么样，怎么突然问这个？我说。你们俩没什么事吧？没闹别扭吧？他又问开了。我不知道他到底想问些什么，不过我估摸着他肯定不是平白无故那么问的，或许是已经隐隐感觉了我和江韵琴之间并不像我们表面上表现出来的那个样子。

没什么事啊，能有什么事呢？我说。是吧？真没什么事？说完他就笑了，笑得很不自然，好像并不相信我，又好像已经看穿了我。我心里登时毛起来，闪避着他一路追过来的目光。就是啊，我说，没什么事，真的没什么事。这么说的时候我感觉到手心里已经出汗了，我悄悄把手掌翻过来，倒扣在桌面上。读初一时他曾经教过我一年，是我的班主任兼语文老师，考得不好，或者犯下了什么事儿，他在学校办公室里训斥我——以老师而不是以父亲的身份——的时候，我也是这么做的。

那你跟那个女的又是怎么回事？他收起笑容说。什么女的，哪个女的，哪个啊？我喝了一口茶问。你说呢，你外面还能有几个女的？他反问道，接着也喝了一口茶。我心里开始有点儿慌了，但并不能确定他是不是在诈我——之前他不是没这么干过。忘了？他望着我说，要不要我提醒你一下，上周六，晚上九点左右，跟你一起在融园喝咖啡的那个女的！见我没有老老实实地承认，他开始下料了。融园就在他楼下那条马路的尽头，一座矮山脚下，始建于1920年的那栋北欧风格的老别墅原来是天主教牧师公寓，现在做了咖啡馆，外面有一个大院子，那儿距离父亲这里不到五百米。

哦哦哦，我还以为你说谁呢，原来你说那个啊，我佯装镇定地说，那就是一个朋友，一个普通朋友，上周六晚上我们确实去融园喝过咖啡，不过我们之间什么也没有，就是聊了聊业务上的一些事情。她是区税务局的，我有时候要找她帮帮忙，帮我们公司做做合理避税和进出口退税,这个你应该是知道的，如果不在税务上抠出来一点儿，我们毛儿都赚不到，我补充说。我说的是事实，当然，我和朱宸好上了也是事实，但是在父亲面前我不可能竹筒倒豆子，我所做的只能是用一个事实去盖住另一个事实。我挪了挪椅子，又撤了撤身子，我能从墙角那面镜子里看到自己一本正经的表情。那是父母结婚的时候学校送的一面镜子，上面还用红漆写着“新婚誌囍”、他们的名字和年月日。

这个我知道，这年头生意确实不好做，他说，不过除了业务上，你们没有点儿别的什么了？没了啊！我提高音量说，还能有什么呢？人家已经结婚了好吧，孩子都有了！虽然嘴上这么说，不过我心里已经开始发虚了。我飞快地回忆着，他是怎么发现这一点的？我是不是什么地方疏漏了？

是的，我和朱宸已经好上半年多了。不过我并不打算跟他承认这一点，因为我知道他不可能接受这一点，作为一个老师、一个老头、一个守旧派，他身上那份近乎严苛的道德洁癖我是领教了几十年的，一粒沙子也揉不进他眼里。前年年底我二哥有过一段婚外情，二嫂知道之后大闹了一场，父亲当着我们所有人的面扇了二哥一耳光——要知道，那时候我二哥已经是四十过五的人了。

三子，父亲坐直身子叫了我一声，叫的是我的小名。别琢磨着怎么瞒我，我虽然年纪大了，不过还没到老糊涂的地步，我能看得出来是怎么回事，能从咱们家的饭桌上看出来，也能从别的地方看出来，你得知道一点，除了是你的父亲，我还是个男人，他很平静地说。我没有接他的话，也不知道该怎么接他的话，同时还在好奇着他是怎么发现了我和朱宸的事情，又怎么知道得那么清楚，他在跟踪我？妻子在让他跟踪我？这时候他就像解答我似的说，那天晚上你们俩一直待到咖啡馆关门才出来吧，出来后你对她做了什么？她对你做了什么？你们在她开车要离开的时候又做了什么？

我们做了什么呢，我们做的当然是所有情人都会做的那些，牵手，拥抱，亲吻。我们之所以会那么做，之所以会在离家那么近的地方那么做，当然是因为江韵琴那几天出差去了……不过现在看起来确实是我太大意了，我仅仅以为她出差去了就安全了，没想到父亲却从某个角落里不吭不哈地冒了出来——在某些时刻，我甚至有点儿后悔把他接到这边来了。你们是什么时候在一起的，刚刚开始还是有一阵子了？他往我的杯子里续了点儿水，又往自己的杯子里续了点儿水。我还是没有承认，但是也没有再像刚才那样急着否认，我呆呆地坐着。我不知道应该怎么跟他说，一个男的，一个女的，在他们已经结婚生子之后又遇到了一个更加适合自己的对方——他哪里会明白这个？

爸爸，江韵琴是我老婆不假，给我生了一个儿子不假，但我对她已经没感觉了，或者说我对她一直都没感觉，是你和妈妈觉得我和她——你老伙计的女儿——很合适，觉得她就是你们理想中的那种儿媳妇，她父母就是你们理想中的那种亲家，我理解你们，你们的良苦用心我很清楚，我也接受，事实上我也可以就这么和她过下去，大家不都是这样的么，找个合适的而不是找个喜欢的，对吧，但是谁叫我偏偏又遇到了朱宸呢？她比我小三岁，学财会的，我们在一个年会上认识没多久就好上了，我喜欢她是因为我们在一起非常合拍，很多话我不用说她就懂了，很多话她不用说我也就懂了，她喜欢我也是因为这样，包括床上的那个部分，我们也非常合拍，我们是soulmate，同时也是bodymate，爸爸，我这么说你明白么？我不能这么跟他说，我知道我的父亲，他不可能理解更不可能接受这一点。我也完全可以预见到这么跟他说的后果，二哥就是个现成的例子摆在那儿呢。

你和她是认真的？父亲喝了一口水，又把杯子在桌面上墩了墩，不过语气间依然很平静。我没有点头也没有摇头，我在脑海里飞快地盘算着该怎么把眼前的这一关先过去。你知道自己已经是有老婆有孩子的人了吧？他又问，后面你打算怎么办？和小江离婚，和那个女的结婚？爸爸，我望着他摆了摆手说，你想到哪去了，不是，不是你想的那样，真不是，你总不能把超出正常范围一点儿的社交都当成是在搞男女关系吧？总不能让我天天围着老婆孩子转悠而没有一点儿私人空间吧？这个时代已经变了，已经不是你们那个时候了，你怎么还在拿你们那代人的尺子丈量我们这代人……

父亲还想再问点儿什么，不过没等到他再开口，这时候门就从外面打开了——我儿子举着一根棒棒糖走了进来，后面跟着我的妻子，她手里抓着他那个上面印有一只卡通小狗图案的书包。哦哦哦，我这个书用不了多久就能写完啦，他看了他们一眼说，后面你就看看怎么搞吧，是不是先跟出版社联系一下，你有没有熟人在出版社？父亲本来是要跟我说书稿的，现在才终于说到了书稿……

这之后，我收敛了很多，或者说表面上收敛了很多。我从睡了两个多月的书房又搬回了卧室，对江韵琴也有了耐心，这个那个的事情也会跟她商量一下，她生日那天我特地去给她买了一件礼物，有时候甚至还起早一会儿给她弄个早餐……在这么做的同时，我把和朱宸约会的地点也换到了更隐蔽的地方，有时候我们开车去很远的郊区，有时候是她来我们公司，有时候是我去她家附近。她离婚了，和父母、女儿住在一起。但是即便如此，我还是能感觉到父亲的目光一直在跟随着我们，好像他就藏在我们看不见的什么地方盯着我们，准备随时随地冒出来捉拿我们这对狗男女。

不过，后来父亲并没有再就此问过我什么——妻子也和我差不多恢复到了之前的那种关系，或许他已经接受了我上次的说法，或许他已经忘掉了这件事情，又或许他眼下还有更重要的事情。当然，他不问我是不可能主动说起这一点的，他是我的父亲，我是他的儿子，我们又不是哥们儿。

那部书稿写到四分之三的时候，父亲中风过一次，住了半个月的院，出来后手抖得厉害，笔也不怎么能握得住了。我劝他停一段，身体好的时候可以当个事情弄弄，现在这个样子还有什么写下去的必要呢？但他不肯，他说既然都搞到这个地步了，那就无论如何也要把它搞完，搞完了就尽快出出来——他还真以为有多少人在盼着他那些陈谷子烂芝麻呢！不过我也可以理解，那本书是他一辈子的经验总结，里面记录着他这辈子的高光时刻，人老了就是这样，衰老会加重他的回忆，让他一次次地重返那种遥远的辉煌，他自己把它当个事儿还不算，同时还要让所有人都把它当个事儿。

动不了笔了，父亲就想了个办法，他口述，让我在一旁作记录。我哪有时间陪着他搞这个，搞过两次之后我就跟他说算了，我去买个录音笔，这样你每天只需要对着它说话就可以了，回头我再找人把录音文件听打出来，拿给你校对，一样的。事实证明这个办法行得通，不但行得通，而且还比之前的效率提高了不少，接下来，用了不到两个月他就把剩下的四分之一“写”——说——完了。

“写”完那天，吃完晚饭后他让我妻子和儿子先回去了，把我留了下来，说要商量一下书稿出版的事情。我心里“咯噔”了一下，想着他是不是又想起来我和朱宸了，又要刨根问底一番，我不动声色地思量着接下来的对策。他让我拆了一袋花生米，又拿过来杯子和酒。他坐在书房那张桌子里侧，让我在对面坐下来，我只得硬着头皮坐下来。三子，他拍了拍桌角的那摞稿纸说，我这个书你看看接下来该怎么搞？你什么时候能找人把录音文件整理完？什么时候交给出版社？你找了出版社没有？我顿时放下心来，同时注意到那摞稿纸最上面是一张牛皮纸裁成的封皮，居中写着歪歪扭扭的书名——《中学语文教育的创新研究——一个教师四十年的经验总结》，旁边是他同样歪歪扭扭的名字：林孝礼。那是他父亲给他取的名字，按照“立家传孝友，德泽亿兆兹”的谱序，他是孝字辈。

半个月吧，半个月差不多可以听打出来，我说，到时候你再校对一遍，然后我就交给出版社，我有一个同学在省教育出版社，先让他看看，能不花钱就不花钱，实在要花钱我再和大哥二哥想想办法。花钱也不用你们出钱，我有钱，他点点头说，我一辈子的心血都在这里头了！他端起杯子摇摇晃晃地朝我伸过来，像是在拜托我，我连忙端起自己的杯子朝他伸过去，在他的杯腰上碰了碰。

1996年到1998年，我被借调到沙洋一中两年，你还记得吧？他话头一转说。我当然记得，那时候我已经读高中了，就在他任教的那所中学的高中部，他借调到沙洋是因为那边老师紧缺，那两年，他周一到周五都待在那边，到了周五下午才赶回来，在家待一个周末再赶过去。当然记得了，我说，那时候你回来经常会捎一种饼，有的没馅，有的有馅，有的是素馅，有的是荤馅，表皮上焦黄锃亮的，很脆，很好吃，很多年没吃过了，我都忘了叫什么了。火烧粑，他笑了笑说，你还记得火烧粑啊，那是沙洋当地的小吃，我回来的时候就到城南的一家铺子里去买点儿，主要是你妈很喜欢吃。

他喝了两口酒，像是酝酿了一番似的说，要是没有在沙洋的那两年，也就不会有这个书了！我看着他，等着他把涌到嘴边的那些话说出来。我过去之后几个月，有个老师也借调了过来，一个女老师，他继续说，她是从宜昌那边借调过来的，也教语文，她比我小四岁，是1977年恢复高考之后的第一届大学生，中文系毕业的，她对语文教学很有一套，她是那些学生的语文老师不假，但也可以说是我这个语文老师的语文老师……父亲笑了笑说，我们俩在同一个办公室，共用一张办公桌，她用一半，我用一半，面对面坐着，就像我们俩现在这样。

说着，父亲在我和他之间比画了一下。

后来，后来我们俩之间发生了一些事，你知道我的意思吧？没错，我知道你怎么想的，我和她之间就像你想的那样，他点了点头说。我望着他，望着他翕动不止的嘴唇和并没有朝我望过来的目光，就好像他在说的是别人的故事，或者是他杜撰出来的故事。事实上我只是在听他说，并没有怎么想，或者说还没有把他和那个女老师想到他说的那一步去。我也点了点头，示意他继续说下去。

怎么说呢，他顿了顿说，她第一天出现在学校的时候，校长把她带到我们教研室的时候，我就知道我们之间会发生点儿什么事，校长跟我们介绍她，介绍她之前的教学成绩，她就站在校长旁边，个头不高，胳膊底下夹着一个蓝色文件夹，当时我坐在办公桌后面，我看了看她，我看她的时候看见她也正在看我，频率对上了，我和她之间的那片空气中像有一根什么线拉了起来，慢慢绷紧了，一头绷着我，一头绷着她，你能明白我说的吧？父亲说，但我没有吭声。当然了，他继续说，你妈是一个非常非常好的女人，做妻子，做母亲，这都没得说，不过和她相比，你妈身上还是缺了一点儿什么，你妈身上缺了一点儿什么，那么她身上正好就有那点儿什么，我和你妈是一种，和她是另一种，三子，你应该明白我的意思吧？我还是没有吭声，我明白，我当然明白，但是我并不想明白。

那两年，在沙洋，我们不是夫妻但胜似夫妻，这个……具体我就不跟你展开了，到了周五，她要回她家，她家在宜昌，她有丈夫，也有孩子，我也要回咱们家，不过我从来没想过要跟你妈妈离婚跟她结婚，我从来没有过这样的念头，她也没有。父亲继续说，他捏着酒杯，说几句吱扭一口，说几句又吱扭一口，相比于我一口口地喝，他是品，一小口一小口地品。他脸上泛出来一种幽暗却又洁净的光，就像是又回到了沙洋，又回到了那两年，坐在了与她合用的那张办公桌的另一侧。这块表，这块表就是她当时送给我的。父亲放下酒杯，从里侧衬衫的口袋里摸索出来一块怀表，在我面前晃了晃，神色之间流露出一种显而易见的满足和幸福，丝毫不担心我会站起来，一拳打过去。

我心里沉沉的，在桌子底下捏了捏拳头，我想起挂在客厅墙上的母亲像，我替她感到难过，无论作为她的儿子，她一部分骨血的继承者，还是作为一个独立于她的个体。她，一个女人，一个没有嫌弃他的女人，和他生活了一辈子，给他生了三个儿子，又几乎一个人把他们带大；他守在学校里的时候她守在家里，他守着那个女老师的时候她守着我们三兄弟，浆浆洗洗，缝缝补补，而她并没有从他那里得到她应该得到的部分，并没有得到他应该献给她而不是别的女人的那个部分。最悲哀的是，到死她也并不知道这一点，不知道他还有这一出，她一直都以为自己是最幸福的那一个。

那我妈呢，我妈知道你和她的事情么？我说。不知道，父亲用力摆了摆手说，我也不可能让她知道这个，你妈那个人你是知道的，性子不是一般的烈，眼里揉不得沙子，她要是知道了，咱们这个家就完了，弄不好她还会闹到沙洋去，闹到宜昌去，她那么一闹，宜昌那边那个家估计也完了。

你和那个女老师……后来呢？我握了握拳头问，我能感觉到自己心跳得厉害，有一种要站起来的冲动。后来？没有后来，后来她就调走了，跟着她丈夫调到别的地方去了，先是去了南京，后来又去了上海。现在你们还有联系么？我问。没了，早就没了，联系方式都没留，再后来我就听说她去了加拿大，加拿大的魁北克，去她大女儿那里了，她大女儿移民去了那边。他从桌子里侧走出来，走到我背后，站到那张世界地图前，一根指头摇摇晃晃地落在中国版图上，轻轻一划，就一下子越过太平洋，又越过美国，指尖落在了加拿大境内。这儿，现在她就在这儿，他又跺跺脚说，在我们脚底下呢，我们这儿现在是晚上十点，她那儿要比我们这儿晚了十三个小时，就是早上九点。

我不知道父亲今天怎么了，为什么要跟我说这个，他完全可以不说的，就像他一直对母亲所做的那样。那样他还一直是我认识的那个父亲，一个与母亲并肩站在一起作为她的另一半的形象出现的那个父亲。难道，难道他现在耐不住了？想去一次加拿大，跟多年前的相好重温一番鸳梦？还是想把她接回来，跟她以老伴的名义在一起生活几年，弥补一下当年的那段遗憾？我吃不准他的想法。

现在呢，我试探性地说，你跟我说这些是什么意思，是需要我做点儿什么吗？是不是要我陪你去一趟加拿大？这并不是什么难事，你知道的，我们公司和加拿大那边也有合作，对方还一直说邀请我过去看看，我可以带上你一起的！他很坚决地摆了摆手说，没那个必要，我就是跟你说说写这本书的由来，还有，就是我和她之间的那点儿事，这个事我不说就没人知道……真的，如果你想和她怎么样的话，我们不是不能接受，大哥和二哥要是不接受，我也可以劝劝他们，我打断他说。他又坚决地摆了摆手说，没有没有，我从来没想过，那么多年没联系，也联系不上了，何况人家也有家有口的，还有什么好联系的呢？过去的都过去了，回忆回忆就行了！他又晃了晃手里那块怀表。

我一动不动地听他说着，同时望着他，就好像他不是我的父亲，而是一个面貌上很像我父亲的什么人。奇怪的是，刚才我还一直在为母亲感到难过，还在抑制着那种挥拳打过去的冲动，而现在，几杯酒下肚之后，我突然就变得事不关己了，我意识到自己不知道什么时候已经松开了握在桌子底下的拳头。这时候父亲没再继续说下去了，他戴上眼镜，翻开那沓书稿，从第一页开始看了下去，他看得很认真，就好像是在看别人的而不是他自己的书稿。我把目光从他身上移开，望着窗外，窗外那棵灰黄色的树冠和等着离开它的那些来回晃动的叶子让我最终归于平静。

但这并不代表原谅。这之后，我去父亲那里吃饭的次数明显变少了，我宁愿点外卖，或者在公司食堂里吃完了再回来，我不想见到他,不想因为他而想起那个女人——进而想起母亲。他和那个女人的事情虽然并不再让我像刚听到的时候那么愤怒了，但是仍然让我心里疙疙瘩瘩的。而与此同时，我也不再有心思管他的书稿了，我没有去找出版社，也没有找人把他那些录音文件听打出来。

父亲的身体近年来一直都很好，一点儿都不比他刚退休在家的时候差，有几次他还可以轻而易举地就把我儿子举起来，让他骑在脖子上，那个时候他已经有老相了，但是一点儿也不亚于当年把我举起来、让我骑在他脖子上的那个他。不过，没想到的是，两个月后他又中风了一次，连话都说不利索了，于是我不得不把他送进了医院——是的，尽管很多年前他和那个女人好过一段这件事让我对他失望了，至少让我不再像之前对他的那种态度了，但是说到底，他还是我的父亲啊，我总不能让大哥和二哥从单位里跑过来，让他们把他们的老爹弄到医院里去吧？

住院之后的第五天，父亲给我打来电话，说没什么大碍，已经恢复得差不多了，让我把他那副眼镜拿过去，把那摞书稿也拿过去，说他还要在医院里把书稿校对一遍，同时要我赶紧找人把那些录音文件听打出来，尽快给他送过去。我没好气地说，有什么好急的呢，非得在医院里改不成？他说，真的，我真恢复得差不多了，手已经没先前那么抖了，你给我拿过来就行了，我在这儿闲着也是闲着。既然他都这么说了，我还能怎么办呢？我只得照办，我知道他那副说一不二的狗脾气。

他把病房当成了书房，把病床当成了椅子，除了吃饭、检查、打针、上厕所，一天到晚就仰靠在那儿看、改，累了就伸展着胳膊躺在那儿休息一下，看上去就像是被钉在了十字架上似的。所有人——包括医生——都没想到的是，一周之后，还没等我把那些录音文件都听打出来，在校对完那摞书稿之后的第二天凌晨，他就突发急性心肌梗塞永远地离开了我们。他走的时候非常平静，平静程度并不亚于整整齐齐地码在床头桌上的那摞书稿，以及摆在书稿边的那支钢笔。

几天后一个晴朗的上午，大哥一家，二哥一家，我们一家，我们一起把父亲葬在了九峰山上的那片公墓区，把他和母亲葬在一起，母亲去世时父亲就买好了那块他们共同的墓地。之前，那块墓碑上——顶端靠右一侧——只嵌着母亲的照片，现在父亲的也嵌上去了——在顶端靠左一侧。他梳着背头，穿着中山装，笔袋里插着一支露出笔帽的钢笔；她穿着蓝色工服，细密的刘海垂在额前。他很年轻，她也很年轻，他们肩并肩地靠着，望着我们。他们的照片尺寸一样，质地一样，并排嵌在那块墓碑上。他们已经过完了属于自己的一辈子，但现在看上去就像还要在这里继续生活下去似的。

点了香，烧了纸，磕了头，我们起身望着正在望着我们的父亲和母亲。跟大哥、二哥不一样的是，我不知道该怎么同时面对他们俩的目光，尤其是母亲的目光。妈妈，我在心里对她说，在照片上这个年龄的时候，又或者是在后来的那些年月里，你就没有发现父亲和那个女人的事情么？难道你就没有感受到父亲和那个女人的一丁点儿蛛丝马迹么？还是说你明明知道，却选择了装作从不知道？爸爸，我把目光又移到父亲那边，在心里对他说，你走得那么突然，我还没来得及问你呢，你这一辈子，藏得那么深，藏得那么滴水不漏，难道你就从来没有觉得对不起母亲么？难道你就一丁点儿也不感到愧对自己作为一个教育家——就像学校给你所写的讣告里所说的那样——的身份么？

祭拜完，二哥和大哥走到旁边抽烟去了，从不抽烟的我也跟过去要了一支。接下来，我和他们俩说起父亲的那本书稿，说起书稿出版的事情，说我们三兄弟平摊一下费用，尽快找个出版社把它出出来……我当然没有说起父亲和那个女人的事情，我也不知道从哪里开始说起——何况现在他已经前往另一个世界去了，带走了他那些遥远而隐秘的行径，死亡原谅了他，死亡替我原谅了他。

回来的路上，医院给我打来电话，说父亲还有些遗物在医院，让我有时间去取一下。我说我现在就过去。父亲留下来的也没什么东西，就那几样，那几件衣服，那副眼镜，那叠校对好的稿子，那支钢笔，那部老人手机，那块怀表。我开车回来的时候，坐在副驾驶上的妻子翻看着父亲的那摞书稿说，没想到爸爸写得还挺好的，难得他在那个年代还会形成这么先进的教育理念……过了一会儿，她又翻出那块怀表，来来回回地摆弄着，“啪”的一声打开，“啪”的一声关上，又“啪”的一声打开，接着她又盯着表盘说，这个时间是错的呢！什么是错的？我把车速慢下来。这上面的时间是错的，她摁亮手机看了一眼说，现在明明是下午四点，你看这上面显示的却是一点钟。她把怀表朝我举过来。

我把车子停在路边，接过来看了看。那是一块已经有了一层包浆的怀表，铜质的，米黄色的表盘上有一左一右两只灰色的小鸽子，它们中间是一支麦穗，四周是一圈罗马数字。是的，时针指示出来的确实是一点钟，秒针还在一下一下地走动着。我想起父亲的手，他站到那张世界地图前，一根指头摇摇晃晃地落在中国版图上，轻轻一划，就一下子越过太平洋，又越过美国，指尖落在了加拿大境内。我又想起父亲所说的那个女的，现在她应该在加拿大，在魁北克，在她大女儿家的一张床上正静静地沉睡着，父亲怀表上的时间应该就是她那里的时间。在父亲这里，那是他们不在同一张办公桌上却是在同一个时空里共同度过的时间——那是他为自己制造出来的另一种高光时刻，这么多年来他一直待在里面，一直在给那块怀表上紧发条，维持着上面那小小的时针、分针和秒针的转动。是吧，时间是错了吧？妻子又问我。不错，我把表盖轻轻地合上说，是对的，分秒不差。

北 归

金星又一次从缅甸方向升起来了，虽然状若图钉，不过却又大又亮。它就镶嵌在那扇窗户中，更准确说，就镶嵌在那扇窗户的左上角，跟昨天一样，跟前天也一样，跟大前天也一样，出现的位置十分精准。我合上电脑，把快燃完的烟摁灭在盛满烟蒂的烟灰缸里，接着从屋里走出来，走到大露台上，又把烟盒里的最后一根烟磕出来，点着，一阵灰白色的烟雾随之散播开来。天已经黑了，其实不是黑色，而是一种暗蓝色。一条黝黑而模糊的山脊线在那片暗蓝色伸展着，看上去跟白天那条好像不太一样，不过可以肯定的是就是那条，几千年来一直都是那条。

从我的角度望过去，在山脊线与我之间相隔着的是山坡上那一排高大黝黑的芭蕉树，它们宽大的叶子在空中勾勒出一片版画似的剪影，并在一阵风吹过时呈现出细微的颤动。在那排芭蕉树的后面，矗立着一栋当地的传统干栏式木楼，歇山式屋顶，四面两台式屋面，顶上覆以挂瓦，室内结构分明，四周还有篱笆院子。这栋即将改造完的木楼，其主人曾经是一个叫“30三怕”（最开始，我还不相信有人会取这样的名字）的当地人，现在变成了我。或者说，至少在未来十年内它的主人是我。

此时此刻，尽管被那排芭蕉树和正在徐徐降临的夜色挡住了视线，不过我却仿佛拥有一种穿墙破壁的透视能力，已经提前看到了一种即将在那儿展开的全新生活：蓝天白云，绿树环绕，一缕缕金色的阳光透过茂密的树冠洒下来，洒落在宽敞明亮、花草齐整的院子里，慵懒的我和同样慵懒的关雨就坐在廊前的竹椅上，我在看书，她在喝茶，一只卧在我们脚边的猫或狗时不时伸展一下四爪，又躺了下去。

金星、木星、水星、火星、土星，小廖叔叔，这五颗星星哪一颗的腿最长？这时候我听到岩帕在背后嘟囔了这么一句。当我转过身来的时候，刚才拥有的那种穿墙破壁的透视能力就瞬时消失了，刚才所看到的一切也消失了，我看到的是离我一步之遥的岩帕，他正一脸得意地望着我。吃好了？我问，并弹掉一截烟灰。吃好了！为了证明所言不虚，他一边说着一边像个大人似的拍了拍并不算圆滚的肚皮。

我笑了笑，在他脑袋上摸了几摸。他总是这样，我前脚迈出去，他后脚就跟出来了。只要不上学，他就会跟我待在一起，我走到哪他就跟到哪，跟到哪也就问到哪。他好奇心重，有着各种各样的问题，什么翁洼到北京有多远啊，坐火车去要几个小时啊，北京有没有昆明大啊，有没有昆明热闹啊，北京的小学生是不是也有那么多作业啊，诸如此类的。这也难怪，他才刚满八岁，在镇上读二年级，北京，我曾经待了八年的北京，对从来没出过远门的他来说还只是一个想象中的地名而已。

一个月前，在我刚来到翁洼时，他还很怯生，一句话也不敢和我说，连我房间的门也不敢进，像个小女孩似的远远看着我。我朝他招手，问他点儿什么，他也不上前，头一扭就躲开了，躲在他父亲或者一根柱子背后，不时偷瞄我一眼。我一看他，他就把视线转移到别处去了，但一周后他就跟我混熟了。

哪一颗星星的腿最长啊？他又问。我说，什么？金星、木星、水星、火星、土星，这五颗星星哪一颗的腿最长？他又重复了一遍。是金星吧，金星那么大又那么亮，它的腿肯定也最长嘛，我用夹在两指间的烟头往空中指了指，我发现金星确实很亮，起码比暗红色的烟头要亮多了。才不是呢，就知道你会这么说，岩帕说，告诉你吧，腿最长的是火星！我说，怎么是火星呢？哈哈哈哈哈，他顿时笑起来，紧绷着的小脸儿一下子松开了。当然是火星的腿最长啊，因为火腿肠（长）啊，这是一个脑筋急转弯，我们老师今天讲的，他止住笑说，刚一说完，就又笑了起来。

我也笑起来，这么烂的笑话也能把他乐成这样。我走到栏杆前，把烟头用力往山坡上弹出去，看着它像溅落的火星在半空中划出一道道弧线，迅即又一一熄灭了。

这时候，一旁的房间里传来一句低沉浑厚的男声——“国酒茅台，为您报时”，接着就是《新闻联播》的开头曲，再接着就是康辉的声音，李梓萌的声音。我知道，岩帕的父亲正坐在火塘边的小凳子上目不转睛地盯着那块蓝莹莹的屏幕。我还知道，如果现在走进去，我就能看见他那颗圆滚滚的脑袋，他那颗圆滚滚的脑袋就架在他那杆水烟筒的顶端，水烟筒的底部有一颗正在忽明忽暗地闪烁着的烟头。这一个月来晚饭之后他都是这样度过的，不用说，此前的漫长岁月里他也都是这样度过的。

我要下楼买烟，岩帕也非要跟着一起去。现在他已经黏上我了，他除了上学和睡觉之外的时间基本上都属于我，我去哪里他就去哪里，我走一步他就跟一步。

买完烟上来，岩帕还没有回去，又一直跟到我房间里来了，或者说又跟到我租住在他家的那个房间里来了。但是我没空跟他玩，我还要上网买各种软装材料。他就闷着头玩自己的，摸摸这个，弄弄那个，见了什么都觉得很新鲜。过了一会儿，他发现了我摊在桌子上的水写纸和那管毛笔，就开始涂涂画画起来。蘸了水就能在纸上写字，写出来的黑字过一会儿就会消失，而消失之后还能继续在上面写，这让他觉得非常新鲜。我看见他在上面先是写了一个“岩”字，又写了一个“帕”字。

岩帕！岩帕！该回来睡觉了！九点刚一过，我就听见岩帕的妈妈朝我这边喊开了。当然，她的原话并不是这么说的，这是我翻译过来的意思，她说的是布朗语，我一个字都听不懂。知道了！知道了！喊什么喊！岩帕嘟囔着回了一句，用的也是布朗语，我也一个字都听不懂，不过从他不耐烦的表情上不难猜出来大概也就是上述意思。是的，这样的回答不需要听得懂就能翻译出来，因为很早以前，在我还是岩帕这个年龄并像他一样贪玩的时候，我妈每一次催我回去我也是这么回她的。

岩帕的屁股现在还牢牢地粘在凳子上，完全没有要挪开的意思。我又提醒他说，岩帕，你妈在喊你回去睡觉呢！他脖子一梗说，还早呢，明天又不上课！我走过去，把毛笔收起来说，明天你是不上课，可我还得下山呢，今天得早点睡了。他眼睛里闪了一下说，小廖叔叔，你要走了？我笑笑说，不走啊，是你阿姨明天要过来，我一大早就得去机场接她！阿姨？什么阿姨？你的阿姨啊？他不解地问。我想了一下说，就是女朋友，也就是将来的老婆。他好像听明白了似的，点了点头。

岩帕出去之后，我给关雨打了个电话。她说行李都收拾好了，明天只需要提个行李箱就行了，其他要运的东西下午已经装箱发了物流，差不多十天就可以到。

挂完电话，想着明天关雨就过来了，想着我们将要在这里展开的一种与之前完全不同的生活，我很兴奋。要知道，仅仅在一个月之前，我还是那几百万北漂族中的一员，每天都得起早贪黑地画图、做效果、去现场，为压根儿就不存在的将来忙个不停；但是现在，仅仅一个月之后，那个城市和我在那个城市的那种生活就已经跟我完全没关系了，就像我们计划的那样，我先来，等收拾停当了关雨再来，明天她就到了，从明天开始我们就要在景迈山上这个叫翁洼的小村子扎下根来了。

如果到过云南的景迈山，到过景迈山上的翁洼村，你就会知道这里是一个多么偏远的地方，同时也就会知道这里是一个多么适合生活的地方。蓝天、白云、绿树、红花、阳光、美食、时间、自由、缓慢……你想要的一切这里都能提供给你。换句话说，我宁愿放弃在北京拥有的一切来换取这里的一切，不单单是我，还有我的女朋友关雨，我们都有着这样的想法，不不不，我们现在正在实现着这样的想法。

现在，我已经坐上了从翁洼村去机场的班车，路上不好走，差不多需要一个半小时。在这一个半小时里，我想有必要向你们介绍一下整个事情的来龙去脉。

我和关雨是一年前认识的，一年前的那个夏天，也就是跟现在这个季节差不多。那段时间，我到景迈山来待过一周，当时我住在翁基村——也就是翁洼村下面的那个寨子。在此之前，我，一个所谓的资深家装设计师，已经不眠不休地加了三个月的班，设计并监工装修了二十七套房子，我很想休个假去哪儿好好放空一下。但是我的老板不同意，他觉得在生意如此红火的时候我提出来休假是在拆他的台，后来我跟他大吵了一架，甚至以辞职相威胁，最后才终于争取到了一周的假期。

一天下午，我在寨子里漫无目的地溜达。当时，关雨——那时候我还不知道她叫关雨——和两个女的正坐在路边的一家茶室里喝茶。在那家茶室对面逗留的几分钟里，我感觉到她时不时就会往我这边瞟上一眼。哦，这肯定是一种错觉，她一定是在看别的什么东西，我这个方向的别的什么东西，当时我确实是这么想的，因为我从来都不觉得自己会有那么大魅力，而且事实上自从发现自己其实只是一个屌丝的本质之后，我就再也不会像之前那样对自己的魅力抱有那种不切实际的幻想了。

但是，接着我就看见关雨走出茶室，朝我这边走了过来。走到我面前，她停下来，用一种跟熟人打招呼的口吻冲我说，嗨，你好啊！我愣了一下说，哦，你好！

她指着我胸前那台相机说，富士 X100F，对吧？我点点头说，怎么？她说，我的也是，我忘带充电器了，本来想让室友寄过来的，但从北京寄过来最快也要两三天，你的能不能借我用用？就是这样，当时她只是个借充电器的，我也只是个提供充电器的。但回到北京后，准确说，是在吃过两顿饭看过一场电影后，事情就发生了变化，我发现她看我的眼神不对了，我想她应该也发现我看她的眼神不对了。没多久，我们就把对对方的称呼换成了宝贝、亲爱的、小心肝之类的。这都是一些非常俗套的情节，在同样俗套的电视剧和小说里你们都见识过，可以自行脑补一下。

关雨是北京人。哦，说到北京人，在这里我想很有必要提醒你一句，北京人并不都是你想象的那些住在五环以内的本地人。如果手头正好有一张北京地图，那么你可以研究一下北京主城区的北部，先是昌平，再往北，西北，是延庆，在延庆北部，东北方向，六十公里之外，看到没有，那儿有一个叫千家店的地方，对了，那儿就是关雨的老家。所以即使手握一册金光闪闪的北京户口簿，关雨也不得不像我一样跟人合租一间小房，蜗居在城区一角，每天挤地铁，挤公交，风里来雨里去。

她比我小两岁，在一家房地产公司做售楼员，身材中等，相貌中等，收入中等，学历也中等。一言蔽之，普通人一个。老实说，跟我那些前任相比，关雨并不比她们中间最不漂亮的更漂亮，也并不比她们中间最没有才华的更有才华，但这些并不妨碍我对她的喜欢，甚至比我喜欢任何一个前任的那种喜欢还要更喜欢。为什么那么喜欢？好，我来告诉你吧，对一个谈了 N 个吹了 N 个的北漂青年来说，对一个父母催了又催一再催的三十七岁的单身汉来说，这种喜欢是你们不能理解的。

在关雨之前，我谈过三个女朋友，正式的那种。尽管我们都很热爱对方的身体，也都很热爱对方的灵魂，但无一例外，她们都在跟我步入婚姻殿堂之前离开了我。原因很简单，因为我不能在北京为她们也为我自己置办一个小窝。而且，在目测可见的将来，她们和她们的父母也并不觉得我会具备这样的能力。操，我就不能时来运转发一笔横财吗？就不能买彩票中个大奖吗？话虽这么说，不过不现实。

一朝被蛇咬，十年怕井绳。跟关雨在一起之后，我也经常有这样的担心，担心有一天她也会像她们一样离我而去。我越喜欢关雨，就越有这样的担心；而她越喜欢我，我也就更越有这样的担心。不过，接下来的事实证明，关雨跟她们不一样。

有一天，在一番云雨之后，窝在我怀里的关雨提出来一个让我眼前一亮的想法——离开北京！老实说，此前我不是没想过，但去哪儿呢？回老家？在那个小县城买一套小房，找个有着红扑扑脸蛋的本地姑娘生一个肉墩墩的大胖小子，日复一日年复一年地过下去，就像我那些辍学在家的同学一样？哦，不行，绝对不行，用不了多久我肯定还会像那些夹着尾巴逃离北上广深的年轻人一样再夹着尾巴逃回来。

离开北京去哪儿呢？我问关雨。云南，景迈山，去做民宿，她说。我说，你脑袋被门夹了还是被朋友圈里的那些诗和远方洗脑了？她说，那不离开北京你准备怎么办？结婚？哦，我是说你有这个打算的话，你挣那点儿钱，我挣那点儿钱，我们加起来挣的那点儿钱，够干什么的？买房得多少年？你算算！我不吭声了，因为确实我算过。她又说，你再想想，你是搞家装的，我是搞销售的，我们去做民宿会差到哪里去？你再看看，你在北京过的是什么日子，你在云南过的又会是什么日子？

不得不承认，关雨的每一句话都那么在理，都那么立足于现实，而且最重要的是，她的每一句话都是站在我的、我们的而不仅仅是她自己的立场上，跟我那些离我而去的前任们不一样，她不但提出了问题，同时也提出了解决方案。是的，这并不一定是个完美的方案，但它至少是个还不错的方案，它提供的是希望而不是绝望。

后来，去景迈山做民宿的事情就这么定了下来。按照计划，我先辞职过去，等我在那儿准备得差不多了，关雨再过来。计划实施的过程，比我之前想象的要顺利一些。在过去的这一个月里，我去当地的几个寨子找了无数次，终于找到了开头所说的那栋木楼，它的位置不错，基础良好，租金也还算合适，我租了下来并着手进行了一系列改造和装修,现在已经接近尾声。而与此同时，关雨也办完了她的离职手续，现在她已经朝着景迈山走过来了，朝着她所擘画的美好蓝图走过来了。

虽然之前来过一次翁洼，不过今天到了，而且要在这里长期扎根了，关雨所表现出来的那种兴奋劲儿还是跟那些第一次来到这儿的游客没什么两样。她这看看那瞅瞅，这儿也觉得新鲜，那儿也觉得新鲜，举着那台相机到处拍个不停。我不得不一次次把她拽回来说，你还拍什么嘛，接下来这些都是你的了，会有你看腻的时候！

我把关雨带到那栋快改造完的木楼里，向她展示了这一个月来的成果。她上上下下转了一圈说，不愧是资深家装设计师，高端！大气！上档次！阳光很好，我搬了两把凳子，和她坐在院子里晒太阳。关雨说，为了你，我可是舍弃了一座北京城啊，你要是对我不好，就是对不起两千多万北京人民！关雨俯下身子，就像一只发情的小猫一样用下巴在我右手掌心里蹭了蹭，替我完成了那个充满爱意的抚摸。我把她搂过来，紧紧地贴在胸口，仿佛稍微一松手她就又会被北京人民抢走了似的。

我指着院子里阳光最好的一块地方对她说，那儿再挖个游泳池，你随时就能游泳了，想什么时候游就什么时候游，想怎么游就怎么游，裸泳也行！她一脸幸福地闭上眼睛，眼角渗出来一滴眼泪，我俯下去舔了舔。哦，谁说眼泪是咸的？不，我要告诉你那是甜的，起码关雨的是甜的，起码她刚才流出来的那滴是甜的，即使是咸的也是甜的。此时此刻，注视着那个虚有的游泳池，我仿佛已经看见那一汪碧蓝的池水以及游来游去的关雨，她周围晃动着一条条散碎的金光，晃得我恍恍惚惚的。

知道吗，这是我长这么大以来做的最正确的选择！关雨说。我说，别说那么早，现在你是有情饮水饱，可别三分钟热度,等新鲜劲儿一过就拍拍屁股走人了,把我一个人留在这儿！关雨笑笑说，这话说的，我想走你就舍得放我走吗？我说，当然不舍得了，怕你不习惯嘛，好端端的一个北京大妞，哪能受得了在山窝窝里当村姑。

我非常清楚，从生活了几十年的北京来到这里，关雨一开始肯定不会那么习惯，初来乍到的那些天我也很不习惯。你想啊，天天都是蓝天白云，处处都是绿树红花，我怎么能习惯？天天都不加班了，八九点就上床了，我怎么能习惯？天天早晚都不用挤地铁挤公交了，我怎么能习惯？天天都不用看老板和客户的脸色，我怎么能习惯？是的，肯定不习惯。所以最初那两周，每天晚饭后站在岩帕家的露台上望着那条山脊线时，我不禁又怀念起在北京的日子，甚至一度产生了回去的念头。

不过，让我出乎意料的，关雨倒是很能适应这里的一切，好像她天生就是这里的人。最初在岩帕家住的那些天，她跟着岩帕妈妈一起做饭、刷锅洗碗，跟着她一起上山采茶、下山送菜，完全就是个本地姑娘的做派了，甚至一周之后她就能做出几样相当地道的布朗族美食了。她又是个自来熟，跟寨子里的很多人都搞熟了，每天一出门就有人主动跟她打招呼，就连岩帕现在也不再黏我了，成了她的小跟班。

木楼改造得差不多的时候，我们就搬了进去。关雨喜欢绿植，她和岩帕一起去山上挖了这种草那种树的，房里房外，院子里，露台上，栽种得到处都是。她又上网买了一套茶具，从当地茶农那儿收了些茶，在一楼进门的厅堂里搞了一个茶室。

关雨喜欢喝茶，我也是，所以我们几乎每天下午都在喝茶。关雨，我，还有玉退。玉退是本地人，家就在我们这栋木楼的斜对面，她是个“90后”，茶学专业的毕业生，采茶制茶，理论实践，全都门儿清。有一天，关雨问玉退，我听说好的单株能让人进入高维空间？玉退说，高维空间？什么高维空间？关雨说，长、宽、高，长宽高知道吧，长宽高组成的是三维，加上时间就组成了四维，其实还有很多维，五维六维七维八维一直到十一维！我说，说得那么玄乎，那你呢，你去过哪一维？

别不信！关雨说，去年我们第一次见面的时候，跟我一起的那个女生你还记得不？我说，那时候我连你都没注意到，又怎么会注意到她！我听她说过，关雨说，她喝过一饼单株，喝到第三泡时就进入了高维空间，眼前呈现出那棵茶树生长的地方，森林、泉水、青苔，还有大象、鹿、獐子、野兔，阳光穿过树冠落下来，万丈光芒，她就出现了一种幻觉，茶室消失了，一起喝茶的人也消失了，她蹲在一个山头上，就像一只千年前的白猿，四周都是茫茫云雾，云是透明的，山也是透明的。

玉退也不信，但是经不住我也想到高维空间里去看看的劝说，还是回家取了一柄单株。好茶！确实是好茶！喝到第二泡时关雨就赞不绝口了，等喝第三泡的第一口时她立马愣住了，就好像时空发生了某种不为人知的平移。我看见她徐徐咽下那口茶汤，接着站起来，朝着外面大喊了一声——妈！她又从茶台后面走出来，走出大门，走到路口，对一个正拖着拉杆箱四处张望的中年妇女说，妈，你怎么来了？这时候我才明白过来，她并不是在高维空间里看见的她妈，那个妇女真的是她妈！

我赶紧跑出来，站到关雨旁边非常亲热地向她妈问候了一声，并及时亮明自己的身份，朝她堆过去刚刚准备好的笑容。接着，我走过去从她手里接过拉杆箱。

关雨说，妈，你怎么来了，也不跟我说一声？她白了她一眼说，你呢，你怎么就来了，也不跟我说一声！我赶紧打圆场说，阿姨，一路辛苦了，先喝杯茶！关雨她妈说，茶就不喝了，我又不是来喝茶的，先找个酒店住下来吧！我说，就住我们这里吧，刚布置好，一个客人还没来过呢！为了显示出来一个准女婿的热情，当天晚上我做了满满一桌子菜，又开了一瓶红酒。关雨她妈看上去还挺高兴的，不过一吃完她就把关雨提溜走了，提溜到她房间里去了，接着她们俩就再也没出来。

是的，我大概可以猜到关雨她妈过来干什么来了，为了解开我的（也包括你们的）疑问，同时积极准备后面的对策，接下来，就像你们在影视剧里看到的那样，在把锅碗瓢盆洗刷到一半时，我就再也忍不住了，我就像个贼一样蹑手蹑脚地上了楼，溜到关雨和她妈住的那个房间，猫了起来，同时悄悄地把耳朵贴在了窗户上。

说吧，你到底怎么想的？啊？这是关雨她妈的声音。什么怎么想的？没怎么想啊！这是关雨的声音。好！好！好！跟我装糊涂是吧，我问你，为什么要辞职，为什么要离开北京，为什么要跟他到这里来？关雨她妈提高了音量，我好像看到她从沙发上（或床沿儿）站了起来，狞笑着，一步步走向坐在床沿上或沙发上的关雨。

关雨她妈成了一个威逼利诱的“特务头子”，关雨成了一个被严刑拷打的“革命小战士”，而猫在窗外的我成了一个打入敌人内部的正想方设法营救关雨的“卧底”。是的，在某些恍然的瞬间我确实产生了这样一种幻觉。我握了握拳头，又支了支耳朵。

跟你说过多少回了，我自己的事我自己做主！关雨说。什么叫你自己的事？关雨她妈说，你也不想想将来？难道你要在这里待一辈子？关雨说，以后的事以后再说！以后再说？你说得轻巧，老了你就知道了！关雨不说话了，或者在想怎么说。我问你，为什么要跟他在一起？何承辉（音）到底哪一点儿不好？哪一点儿不比他强？他一个搞装修的，一个河南乡下人，你到底图他什么？还是关雨她妈。听到这里我十分生气，真想冲进去跟她理论理论，搞装修的怎么了？河南人怎么了？搞装修的河南人怎么了？但理智告诉我不能这么做,至少现在不能，小不忍则乱大谋。

哦？那你当年又图我爸什么了？他还不是一个修理汽车的？还不是一个河北乡下人？关雨好像昂起了头，一脸不服气地望着她妈。你闭嘴！要不是被这个狗日的骗了，当年我怎么会跟他结婚？关雨她妈停下来,仿佛沉浸在了当年的往事之中。

哎，你知道不知道，我这都是为了你好！过了一会儿，我听见关雨她妈叹了一口气说。为了我好，为了我好，什么都说是为了我好，我才不要你为了我好呢！关雨说。接下来就是一阵沉默，再接下来，里面就传出一阵隐隐约约的啜泣声。因为隔着一层窗户，窗户里又隔着一层窗帘，所以我不知道她们母女两个到底是谁在哭，我估计是关雨她妈。过了一会儿，啜泣声逐渐低了下去，直至完全听不见了。

临睡前，我给一墙之外的关雨发微信。睡了么？没有。洗澡了么？没有。你妈睡了么？也没有！你不过来了？不了！你妈来干吗呢？不干吗！不干吗是干吗啊？不干吗就是不干吗！得了吧，刚才我在外面都听见了，你妈劝你回去呢，还给你介绍了个男朋友叫何承辉（音）。知道还问！你打算怎么办？不怎么办！不怎么办是怎么办？不怎么办就是不怎么办！你会回去？为什么回去？那我就放心了！

第二天，一大早我就被一阵敲门声敲醒了。关雨啊？我朝外面问。我！是我！关雨她妈在外面说，小廖，你起来没？哦，起来了起来了！我一边应承着她一边赶紧给精光的自己胡乱套上一条短裤。我匆忙洗了把脸，又对着镜子胡乱挠了挠头，就人模狗样地开了门。她抱着膀子，一脸愁云密布地站在门口，我连忙堆上来笑脸说，怎么就起来啦？她指了指她和关雨的房间说，小雨还在睡，我们到院子里说！

一坐下，她就摆出来一副审问的架势。她说，小廖，你和小雨到底怎么回事？我说，什么怎么回事？她说，你就别装了！

我说，您直说！她说，来这里是谁的主意？你的还是小雨的？我说，不是我的也不是她的，是我们俩的。她说，在北京待着不好么，非要跑这儿来开民宿？我说，北京压力太大了，想来这边试试，您就让我们试试嘛……她脸色一沉说，试试？你可以试试，小雨怎么试试，她一个女孩子家，一步错步步错！你们年轻人就是要搞些个有的没的的浪漫！我说，我们又不是三岁小孩，怎么会把生活想得那么浪漫？她叹了口气说，你们哪知道世事艰难！

我说，您吃的盐比我们吃的米还多，您走的路比我们走的桥还多，还要靠您多指点！她笑了，把椅子往我这边挪了挪说，真想听？想！我说。虽然不用想我就知道她接下来会说些什么，不过我还是做出来一副洗耳恭听状，这是该有的态度。

小廖，你帮阿姨劝劝小雨，让她回北京吧，或者你们一起回去！她率先开出了条件。我说，不是我不劝，问题是您都劝不了，关雨又怎么会听我的？她往后撤了撤说，这么说，你是不打算帮阿姨这个忙了？我说，不是不帮，是没法帮，现在不都在逃离北上广深吗，我们这就是给大家打个样，要不您也过来试试，这里山好水好空气好食材好，延年益寿，长命百岁。她腾一下站起来说，我要你帮我劝关雨，你反倒劝起我来了，关雨会上你的当，我可不会！她说完就气呼呼地上了楼。

过早时，关雨跟在她妈后面下来了。我一眼就看见了她那双肿眼泡，于是我也就明白了，昨晚上哭的是她而不是她妈。我看了看她，她也看了看我，不过碍于她妈就在眼前，我们一句话也没说，但是不用说我们也都知道接下来将要面对什么。

吃到一半，关雨她妈既像冲着我说又像是自言自语，今天我和小雨去橄榄坝看看。我愣了一下说，橄榄坝？去橄榄坝干吗？她说，我以前不是在那儿待过几年吗，几十年没回去了，想回去看看！她又冲我说，小廖，你就别去了，你这边还有一摊子事要忙。不忙不忙，忙得差不多了，我连忙说，我跟你们一起去，路上也有个照应！是的，我一定得去，这是一场拔河比赛，我这头松了，她那头就赢了。

去橄榄坝的车上，就像是故意要把我和关雨分开似的，关雨她妈一屁股坐在了我们中间。关雨靠着窗，她妈靠着她，我靠着她妈，我们三个互相都不说话，看上去就像三个偶然凑在一起的乘客。从窗户玻璃上，我能看到关雨的表情，也能看到关雨她妈的表情，我看见她们俩都是一副气鼓鼓的样子，都在闭着眼睛装睡觉。

到橄榄坝已经下午四点多了。下车后，我们在一个路边摊吃东西。吃着吃着旁边的广场上就敲起了锣鼓，人声一浪高过一浪，接着扩音器里就传来一阵女声：我们相聚于此，圆一个对水的约定；然后是一阵男声：我们相聚于此，憧憬一份清澈的欢乐；又是那个女声：朋友们，拿起你们手中的水盆，尽情地泼洒吧！又是那个男声：朋友们，拿起你们手中的水盆，欢快地追逐吧！哦，原来是在搞泼水节。

瞎胡闹！泼水节怎么这么搞，关雨她妈朝广场那边冷笑了一声说，以前可不是这么泼的，现在真是，什么什么都商业化了，没意思！真是一点儿意思都没有！

吃完之后，我们就去了预订的那家酒店。当然了，肯定还是关雨和她妈住，我自己住，不然呢？办完入住，关雨说想休息休息。她妈说，你不是睡了一路么，出去逛逛！于是就出去逛逛。关雨她妈走在前面，关雨走在中间，我走在最后。就像是约定好了似的，我们三个人几乎始终保持着一米左右的距离，快则同快，慢则同慢。走过那个正在搞泼水节的广场，沿着一条两边种满了高大棕榈树的大路，我们走到了傣族园区，然后穿过摊贩市场，又拐上一条小路，小路两边是大片大片的芭蕉树，那些芭蕉都还没有成熟，成串成串地挂在树腰上，被一只只塑料袋子罩着。

我小声问关雨，这是要去哪？关雨小声说，我哪知道。她又问她妈，这是要去哪？她妈说，快了，前面没多远就是了！我们只好继续跟着她往芭蕉园里走进去。

从芭蕉园里穿出来，我们又沿着一条小路走进了橡胶林。小路两边，一棵棵布满了切口、挂着小胶桶的橡胶树整整齐齐地排列着，阳光从它们顶上的缝隙里洒下来，在地面上形成稀稀拉拉的明亮光斑。这些橡胶树让我想起来很多年前看过的一部名为《孽债》的电视剧，当年，那些上海知青到西双版纳来插队落户，就是在这样的橡胶林里割胶，就是在这样的橡胶林里和当地人结婚生子，后来又是在这样的橡胶林里妻离子散，把他们的男人、女人、儿子、女儿丢在这里，自己回了城。

在一栋挂着“知青点旧址”的房子前，关雨她妈停下脚步，前前后后辨认了一圈说，是了！就是这儿！我和关雨互相看了一眼，又一起朝她看过去。她说，知道这是什么地方么？我们都摇摇头。这就是你妈我当年插队落户的地方！你妈我在这儿割了五年胶，每天半夜跑出去，天亮之前再回来，那叫一个苦啊，那些年我盼星星盼月亮，每天都盼望着回城，为了回城，我们请愿、演讲、写信、下跪甚至是绝食，什么手段都使上了，现在你可倒好——她指了指关雨，两腿一蹬，说离开北京就离开北京，说来云南就来云南，你这走的可是你妈我的回头路啊你知道么！

哦，原来她是在这儿猫着我们呢，想给我们现身说法来个现场教学呢！我看了看关雨。她抬眼斜了一下她妈，没好气地说，哪跟哪啊，这都什么年代了，还在用那些陈谷子烂芝麻的老皇历教训我呢，我不听！说完，她就扭头又沿着原路跑了。

我和关雨她妈回到酒店的时候，发现关雨正在房间里睡觉。关雨她妈在床头坐下来，掀开关雨的被子说，起来！关雨气呼呼地说，怎么啦？她妈说，怎么了？你说怎么了？你还问我怎么了？她上去一把把关雨的耳机扯掉说，小雨，长能耐了啊你现在，早知道是今天这样，当年我就不该回城，就不该跟关建军结婚，就不该把你生下来！关雨摆了摆手说，得得得，我也没求着你吧，我巴不得你不把我生下来呢！关雨她妈气得一哆嗦，伸手就要打关雨，不过被手疾眼快的她一骨碌躲开了。

怎么说吧，是不是吃了秤砣铁了心了？真就不回北京了是吧？几分钟后，具体说是喝了两口水后，关雨她妈又开始了新一轮的逼问。关雨没吭声，我也没吭声，是的，我又能说什么呢？我说什么都不合适，沉默是金，沉默是金。

这时候，关雨她妈拿过来她那个手提包，拉开包链，从里面拿出来一把小水果刀，然后又做出来一个要往自己的胸口狠狠扎下去的姿势。跟不跟我回去？她一边用刀尖逼近自己的胸口一边问关雨，不回去我就扎下去了啊！我连忙走过去说，阿姨，您别冲动，有话好好说！有话好好说！何必这样呢？她后退了两步，冷冷地看了我一眼说，我跟你没什么好说的，我跟她说，她用刀尖指了一下关雨，接着又迅速收回去，继续用刀尖对准自己的胸口，跟不跟我回去？啊？到底跟不跟我回去？

哼！关雨朝她妈冷笑了一声说，你扎！你扎！你倒是扎啊！我还没见过你这一出儿是吧？关雨她妈愣住了，定在那儿，好像在考虑着这一刀该怎么扎下去，该往哪儿扎，又该扎多深。嗯？怎么不扎了？嗯？怎么不扎了啊？关雨挑衅似的望着她说。这时候，我看见关雨她妈脸上红一阵白一阵的，她把那把刀扬起来，扬起来，再扬起来，就像要冲刺似的，接着她就“哇”的一声哭了起来，那把水果刀就“咣当”一声掉在了地板砖上。是的，她确实在哭，确实在真哭，蹲在那儿又是抹眼泪又是抹鼻涕的，哭声一浪高过一浪，一边哭一边还用两个拳头轮流反复捶打着胸口……

我走过去，凑到关雨耳边小声说，算了算了，你还是先跟她回去吧，先回去再说！她木然地看着窗外，没有点头，不过也没有摇头。我又说，你不回去，她也不会回去，那就在这儿耗上了，这么耗着总不是事儿吧，何必跟她较这个劲呢，留得青山在，不怕没柴烧。我悄悄捅了捅她，又拿眼神示意了一下她妈的方向。关雨这才回过神来，很不耐烦地对着她妈的方向嘟囔出来一句，得得得！回去！回去！

关雨一松口，她妈立刻就像见到奶嘴儿的婴儿那样停止了哭泣。她坐起来，拍拍屁股，又换出来一副笑脸凑到关雨旁边说，哎，这就对了嘛！这就对了嘛！说完她又十分感激地看了我一眼，接着冲我说，好嘛，那就这样啦，我已经订好了和小雨回去的机票，明天早上七点半的飞机，小廖，到时候还要麻烦你帮忙叫一辆车，五点钟送我们去机场。原来她早就在背后谋划好了这一切，瞒着我，也瞒着关雨。

一夜没睡，第二天我四点钟就爬起来了。下楼后，我围着酒店转了一圈又一圈，一圈又一圈，一边转一边想象着此前不止一次想象过的那种全新生活：蓝天白云，绿树环绕，一缕缕金色的阳光透过茂密的树冠洒下来，洒落在宽敞明亮、花草齐整的院子里，慵懒的我和同样慵懒的关雨就坐在廊前的竹椅上，我在看书，她在喝茶，一只卧在我们脚边的猫或狗时不时伸展一下四爪，又躺下去……而接下来，我就看见一辆车从酒店门前的那条小路上开了进来，一直开到酒店门口，停住了。

准备上去喊关雨和她妈下楼的时候，我看见她们从酒店大堂里走出来。我连忙迎上去，从她们手里把行李接过来，放进后备箱，又打开车门让她们钻了进去。

车子发动了，我又走过去看了看关雨，她也看了看我，她什么都没说，我也什么都没问。这时关雨她妈探出头来，朝我摆了摆手说，小廖，再见啊，北京见！我朝她挤出来一丝笑容，也举手朝她摆了摆说，再见，北京见！接下来，我就看着车子一点点地开走了，开到酒店门口那条路的尽头时，它一拐就消失在了我看不见的另一条路上。现在天还没亮，我决定什么都不去想了，先上楼好好睡一觉再说。

还是关雨她妈下刀准，行刀稳，她捏着那把胶刀在树上一摁，一划，牛奶一样的胶汁就流了下来，就流进了关雨递去的胶桶里。我看了一眼自己的胶桶，才有小半桶，我收起胶刀，又朝另一棵树走过去。这时候，一个男的跑过来冲我们喊道，要回城的跟我走！于是我们便跟了过去，他在前面跑，我们在后面跟。一路上，加入的人越来越多，队伍越来越壮大，最后我们来到一个舞台下面。舞台上站着一个男的，他正在振臂高呼着——知青要回城！

他喊一声，下面的人就跟着喊一声，喊声一浪高过一浪。我注意到身后还源源不断地有人涌过来，人越来越多，队伍越来越长，他们不断地往前挤着我，迫使我也不得不提着那小半桶胶汁朝前面挤过去。这时候关雨她妈回过头来，冷冷地看了我一眼说，挤什么挤，就是挤到前面你也回不了城，你又不是城里人，又不是知青！

我气坏了，把手里的胶桶朝她奋力一丢，她一躲，胶桶就落在了地面上，接着那些胶汁就流了出来，流得到处都是，而且越流越多，越流越多——胶桶里面好像藏有永远也流不完的胶汁，大有水漫金山之势，胶汁所到之处，人们惊呼着四散逃开。我也往一旁的广场上跑过去，不过那些胶汁就像长了脚似的，一直撵着我追，我跑到哪里它们就追到哪里……

眼看就要被胶汁淹没之际，我醒了过来。我坐起来，揩了揩额头上的那层细汗，又从烟盒里磕出一根烟点上，呆呆地望着窗外。

外面还没放亮，不过已经开始慢慢泛白了，我注意到泛白的天空中挂着一颗又大又亮的星星，它就镶嵌在那扇窗户中，更准确地说，是就镶嵌在那扇窗户的左上角。我知道这是金星，也就是启明星。现在，望着它，我又想起来关雨来云南之前的那个晚上，想起来那天晚上下楼买烟之前岩帕问我的那个问题—— 金星、木星、水星、火星、土星，小廖叔叔，这五颗星星哪一颗的腿最长？我仿佛听见他就站在我背后的某个位置嘟囔着问我。我很想转过身来告诉他，不对，你说得不对，不是火星的腿最长，是金星，确实是金星的腿最长，站到我的位置看你就能看出来了。

麦琪的礼物

1

后面是一条柏油马路。冬天，半夜的时候，经常会有大货车从那儿经过，从左往右开过去，或者从右往左开过去。这么说，并不意味着其他时间就不是这样，只是这样的情况发生在冬天半夜的时候会让人印象更加深刻。一辆大货车开过来，把那种裹卷着风声的呼啸声加速到最大分贝，送到你耳边，接着又呼啸而去，把它送给下一双醒过来的耳朵。一个满脸络腮胡的中年男人或者一个比你大不了几岁的小伙子正在驾驶着它，你想象着那个司机，想象着他嘴角边那个忽明忽暗的烟头，睡意又一点点浮上来，但是就在你将要睡着的时候，又有一辆大货车呼啸而来……

这种呼啸声，车前灯在天花板上一闪而过的明亮，以及大货车传递到你床头上来的那种震颤，一晚上会反复出现很多次——整整三年，几乎每天晚上都是这样。

马路那边是一片湖。湖面很大，在见过海之前它一直满足着我对海的想象，当然肯定也不止我了。我们叫它北海子，就像很多缺水的内陆地区一样，我们当地也把湖称为海。湖面据说有上万亩，呈现出非常规则的矩形。四周长满了蒲草，这种草的繁殖能力非常强，一两个月就能长出来一大片。它夏天开白绿色的小花，秋天结橘黄色的蒲棒，一根根地举着，就像是学校门前流动小摊上插着的那几排烤肠。到了冬天，那些炸了毛的蒲棒被风一吹就飘开了，飘到马路这边的学校里，降落在那些男男女女身上，这就为其中的一些男生接近他们心仪的女生打开了方便之门。

是的，马路这边就是学校了。从东头到西头，依次是我们的宿舍楼、操场、食堂、教学楼、花坛和办公楼，它们和上百个老师一起组成了这台全县最好的高考机器。多年来，它为一茬又一茬学生提供了纵身一跳的支点，也为那些望子女成龙凤的家长们提供了梦想实现或者破灭的看台。当然了，作为一台高考机器，操场这种玩闹和娱乐性质的场所主要是对高一高二学生来说的，对毕业生而言，那只是一种摆设，其作用仅仅在于为他们提供一条在宿舍和教室之间往返的宽敞路段，或者变身为一个巨大的消音器，好让他们中间那些濒临崩溃的人深夜时分去嚎上几嗓子。

现在马路更宽也更热闹了，双向六车道上的一辆辆私家车显示出了它的宽敞和热闹；而那片湖也变成了内湖，日益扩展的城区把它包在了里面。湖四周的蒲草已经不见了，换成了一棵棵从外地运来的垂柳。眼下春光明媚，万物复苏，作为最早复苏的那一批，每棵垂柳都抽出了在风中摇曳的黄绿色嫩芽，为这座一直都想要改头换面的县城装点出来一些堂皇的门面，也营造出来一种类似古典情怀的东西，让人看了很容易吟诵出那句著名的诗来——“碧玉妆成一树高，万条垂下绿丝绦”。

至于我们学校，则早就搬到郊外去了，那些宿舍楼、操场、食堂、教学楼、花坛和办公楼空废了好多年，后来都推倒了，替之以几栋小高层和十几栋联排别墅，它们高低错落地组合成了这片名为“金沙水岸”的小区。像大城市里的小区一样，它也有绿地、垂柳、步道、花坛、假山、喷水池——池子里还游动着一群群五颜六色的锦鲤，以及健身广场——现在有几个老头老太正在那些健身器材上荡啊扭啊的。

农伟一边走一边给我介绍，这儿就是原来的办公楼，那儿就是原来的食堂，这儿就是原来的教学楼，那儿就是原来的花坛，这儿就是原来的操场……还记得不？我望着那些一点儿过去的痕迹都没有了的小高层、别墅和广场说，完全没印象了！他又说，这是金沙置业前两年开发的，这位置，这配置，全县最贵的小区了，八千一平！他比画出一个“八”的手势。我明白，他的意思是说，住在这儿的是全县最有钱有势的那一小撮人，而他就是其中一员。事实上，刚才在那个八匹马拉着一辆车的雕塑底下见到比当年胖了一圈、就像一尊蜡像版的他时我就隐约感觉到了这一点。

走到最里面那栋楼时，农伟说，我就住这栋，顶楼，复式，上去坐坐？他特意给“复式”两个字加了重音。我说，不了吧，下次再去？他说，喝杯茶的工夫，耽误不了你钓鱼，正好也认认门！他那么说了，我也就不好再说什么了。或许也只有这样才能满足他那份虚荣心，我知道很多人需要这个，尤其是小地方的那些人，尤其是小地方的已经发达起来但是还没有多少人知道他们已经发达起来的那些人。

宽敞，气派，装潢考究，这是农伟家给我的第一印象。墙上挂着他和他老婆的大幅结婚照：他系着领带，穿着马甲和背带裤，站在一块礁石上以四十五度角斜视左前方，右手环抱老婆，左手插在口袋；他老婆穿着一袭裙摆飞扬起来的白色婚纱，手捧一束玫瑰，依偎在他胸前做甜蜜状；他们身后是一望无际的碧蓝海面。艳福不浅啊，我笑笑说。老婆回娘家了，你别客气，农伟说，他在大茶台后坐下来烧水；他背后是一整面墙的落地窗，从那儿望出去就是前面说的那条柏油马路和那片大湖。

我指着落地窗外面问，北海子那边不都是荒地吗，什么时候盖上高楼了？早就盖上啦，他又指了指脚下说，知道这是哪儿吗？我说，哪儿啊？他说，咱们的宿舍楼啊！我说，我说怎么有点儿似曾相识的感觉呢！然后农伟就来劲了，他说，这几栋小高层是我三包做的主体框架，自己做的嘛就放心一些，起码不会偷工减料，没想到啊，毕业那么多年又住回宿舍楼里来啦，还是老子自己盖的宿舍楼，哈哈哈！

水滚了，农伟从一个精致的瓷罐里拿出茶叶说，大红袍！正经的武夷山品种，市面上买不到，本来我是送领导的，没送完。是不是真像他所说的那样我不知道，不过口感确实不错，有股兰花香，岩韵很足——起码比在我一个搞茶庄的朋友那儿喝的武夷山大红袍好。这年头，送礼也不容易，领导都学聪明了，不收钱了，不收钱那就送茶吧，农伟喝了一口说，味道怎么样？我点点头说，好茶！好茶！现在，坐在农伟对面，喝着他送剩下的武夷山大红袍，我觉得时间过得真是太快了，好像只是一转眼工夫，我们就已经把我们的过去和过去的我们都统统坐在屁股之下了。

2

我是来找农伟钓鱼的。现在疫情还没结束，我们正好都有大把大把的时间——我不知道什么时候才能回武汉，而他承包的几个工地也不知道什么时候才能复工。此前，在疫情严重的这段时间，我一直在老家闷着——先是被隔离了两周，后来就再也没出过门。现在疫情基本控制住了，我们县里的感染病例也连续两周清了零，终于又能出门了，我就想着去找农伟钓钓鱼。去年我才学会这个，瘾还正大着呢！

我从没有想过会去找农伟一起钓鱼，甚至也从没有想过还会再碰见他。是的，我们确实是高中同学，但是毕业之后的这二十年里，我们一次也没有见过，甚至一次也没有联系过，不单单和他，和其他同学也是这样。在那段先把我们捆起来又把我们抛出去的时光结束之后，我不知道还有什么好联系的，何况大家天各一方，工作、生活上也完全没有交集。不，不，这并不是功利，而是现实就是如此；而反过来说，他们每个人可能也都是这么想的，不然怎么这么多年也没有谁联系过我呢？

重新联系上农伟是在前天晚上。前天晚上，一个当年的历史老师把我拖进了一个成员都还算混得有头有脸的同学群。进去之后，他把我吹嘘了一通，说我现在成著名作家了，当年我就表现出了这种苗头，他就很看好我，之类的。说得我都替自己脸红，如果我也算著名作家，那就不知道有多少著名作家了。后来就有好几个人加了我的微信，说幸会幸会，又是抱拳又是作揖的。一个昵称叫“农家三少”的也加了我，上来就说，狗日的，成著名作家啦？我说，你好，你是？他说，我是农伟啊！

农伟，哦，农伟我还是熟悉的，高三时一个班过，还一起参加过文学社。本来，老同学重新联系上也没什么，无非点个赞说句客套话什么的，但是我在农伟朋友圈里看到了很多钓鱼的照片，就问他，你也钓鱼？他说，怎么，你也钓？我说，去年才学会的，哪天一起钓钓！他说，那你找对人了，我经常钓，你有空了找我！

下楼后，农伟开上他那辆崭新的沃尔沃 XC90。这是一款旗舰型 SUV，六十万起步，之所以知道这一点，是因为我一个做医疗器械的朋友前年也买过一台。房是新房，车也是新车，看来这些年他确实是发达了。农伟一边发动车子一边问我，想去哪钓？我说，你定就行，你经常去哪钓我们就去哪钓，老家你现在比我熟！他想了一下说，那就去骆驼岭吧，骆驼岭没什么人，现在疫情期间，哪儿都不安全。

骆驼岭是北海子里最大的一个岛，之前一直荒废着，长年被茂密的灌木丛和各种水鸟盘踞着。前几年县里搞旅游开发，说是要打造中原水城，于是就请出了两千多年前的宋襄公，以他作招牌在骆驼岭上给他修了一座豪华大墓，建了一座襄陵公园。据说这位春秋五霸之一的宋国国君曾经率军与楚军在泓水一带交战，身负重伤之后，就死并葬在了我们老家这一带。说是这么说的，也不知道是真是假。难道宋襄公真的就葬在这儿吗？我问农伟。他笑笑说，那还不是领导一句话的事儿！

骆驼岭没有开门，两扇生锈的大铁门紧闭着，左右两边各贴了一张疫情期间暂不开放的通知。我对农伟说，完了，没开门呢！他没吭声，摸出来手机拨了个电话，跟那头说了几句，然后又跟我说，开，马上就开，我们来了还能不开吗？果然，几分钟之后，门从里面打开了，走出来一个披着夹袄的老头儿。见到农伟，他满脸堆笑地说，农总好，农总过来啦？农伟说，带朋友来钓几竿儿。他扔了一根烟给老头，后者慌忙跑前一步接住，点上，又吸溜两口说，欢迎欢迎，随时过来玩哈！说完，老头儿就从农伟手里接了钓箱拎着，又闪避到一旁，让我们走在前面。

在宋襄公的注视下，我们穿过一截长长的引桥往骆驼岭走去。他戴着帝冠，一手抚剑，一手挥开做昂首向前状，高大，气派，从我们的角度望过去，矗立在岛上的他——那尊二三十米高的雕像——比湖对岸的那几栋小高层还要高出不少。宋襄公的周围开满了五颜六色的花，白的，红的，粉的，黄的，紫的，一团团地簇拥着这位曾经叱咤风云的宋国国君，好像他穿越过来就是要做个园丁，十分滑稽。但他又能有什么办法呢？他已经作古两千六百多年了，也只能杵在这儿被人摆弄一番。

骆驼岭不大，沿着栈道转了一圈儿，农伟选了一处水草茂盛的岸边说，钓鱼不钓草，等于瞎胡跑，就这儿吧！见我没坐的，他又喊老头儿去搬了一把凳子过来。暖阳高照，微风徐徐，今天确实是一个钓鱼的好日子。不过，也不知道怎么回事，开钓都一个多小时了还是没什么口，浮漂很久都不动一下。我这边是这样，农伟那边也是这样。他一根接一根地抽烟，我看见他脚边的水草里已经丢了一片烟蒂。

过了一会儿，农伟从钓箱里摸出两听啤酒，递给我一听，自己开了一听。他朝我碰了碰说，一直在武汉？我说，是啊，在那读的大学，就留那了。他笑笑说，你也不联系我们，苟富贵勿相忘不记得了？我摆摆手说，富贵个鬼，现在饭也快吃不上了！他说，作家不都很挣钱么？什么天下霸唱、天蚕土豆、唐家三少、赫连勃勃大王，都是千万富翁！我说，他们写的是网络文学，当然挣钱了。他说，你写什么？我不知道该怎么跟他说以及他是否能听得懂，就说，我写的都是挣不了钱也没人看的。他看了看我说，那写它干吗？没事干了？我说，所以不写了啊，准备转行了！

他又说，你小孩多大了？读几年级了？我说，哪来的小孩，孩他妈都不知道在哪呢！怎么还没结？他又问，没等我开口他又恍然大悟地说，哦，我知道了，才子都风流，不结婚好！不结婚就相当于天天结婚，想找哪个找哪个！我说，那是你农总，这年头才子屁用都不顶！他歪过来身子，一脸坏笑地说，在老家这几个月还没开过荤吧？我知道他什么意思，但还是装作不知道地说，什么荤？他一脸不信地说，你说什么荤呢？我笑笑说，你说那个啊，没呢，没机会啊。他说，那晚上带你去解解馋怎么样？我说，算了，晚上还有事。我想起来他老婆，墙上相框里的他老婆，她穿着一袭裙摆飞扬起来的白色婚纱，手捧一束玫瑰，依偎在他胸前做甜蜜状。

3

湖面上荡闪着一层层细微的波光，我的浮漂立在那些波光之间，并随着它们的节奏细微地晃动着。我又想起来手头那个写到一半的小说，想着还要不要继续写下去，以及写出来之后可能遭遇的命运——就像我此前的大多数小说一样被退回来，封存在电脑的某个文件夹里，直到被我自己彻底忘记。或许，我确实应该考虑转行做点儿别的了，做点儿别的什么都行，做点儿别的什么肯定都会比当个作家更容易养活自己，我总不能一直靠家里接济着去寻找那个可能根本就不存在的文学梦吧？

农伟的浮漂也一直没有动静，他也在盯着它出神。或许跟我一样，他也在想着什么事情，我并不知道的什么事情。过了一会儿，他的浮漂沉了下去，但他并没注意到这一点。起竿啊，我说，你的漂黑了！他猛地把竿子挑起来。上鱼了！他兴奋地说，又从钓台上站起来，往旁边用力拽。这条个头应该不会小，我看见他的竿尖都弯下去不少。那条草鱼一会儿往左冲一会儿又往右冲，他也只好跑动着来回遛。

我走过去，拿起抄网准备抄鱼。学会钓鱼以来，我还从没钓到一条半斤以上的鱼，所以也就一直没机会用抄网。遛了十来分钟，农伟说，准备抄了！我举着抄网伸过去。这时那条鱼又扑腾一下，往右边冲过去了。农伟说，行啊你，遛了这么久，劲儿还没泄完呢！又遛了三四圈，他说，现在可以了，开抄！他一点一点地往我所在的位置收线，我看到那条大草鱼已经翻跃出了水面，看样子起码有七八斤。

但是，农伟紧接着就骂开了，操操操！操你妈的！我还没明白怎么回事，他就把只剩下一副鱼钩的线组拉了出来。完了，切线了，遛那么久还能切线！他叫嚷道。

换上一副新钩，重新抛下去，农伟又坐下来，点上一根烟。这中间，他一直沉默着，我还以为切线跑鱼的事就这么过去了，没想到他喷完最后一口烟气又说开了——操！那么大一条，真是活见鬼，快拉出来又跑了，现在的鱼真他妈成精了，比人还精，比人精还精——这条鱼不会是人变的吧，赵磊变的？我说，谁？他说，赵磊。我说，哪个赵磊？他说，还有哪个，就是变成水鬼的那个啊！我说，哦哦哦，你说那个赵磊！是的，如果不是农伟提起来，我早已经把这个倒霉蛋儿彻底忘了。

2001 年 6 月 9 日——我记得这一天是因为这是高考之后的第二天，赵磊和几个同学去北海子游泳。其他人都回来了，只有他没回来，他一个猛子扎到水草里去了。刚听到这个消息时我并没感到很震惊，那更像一个诅咒，一个传说，一个没得到验证的小道消息。直到两周后的那天下午，当我火急火燎地赶到学校伸长脖子在那一整面墙的分数榜中寻找自己的分数，当我看到自己的分数接着又看到赵磊的分数时，我才突然觉得他真正淹死了——他考了一个可以考上任何一所大学的分数。

换上新钩，农伟就开始接连中鱼，这让他心情逐渐好起来，又开了一听啤酒，也又递给我一听。我也开始零零星星上鱼，虽然都是麻将鲫或小白条，不过我已经很知足了。是的，如果你也喜欢钓鱼，那么你也一定明白我所说的那种感觉，枯坐半天钓不上来一条鱼是什么感觉，而浮漂一动你就能拉出来一条鱼又是什么感觉。

但是不知道怎么的，在抛竿和提竿的这段间歇期，在空空荡荡的水面之上，又好像总是有什么东西要冒出来。接下来，我又想起农伟跑掉的那条鱼，想起赵磊。瘦，高，聪明，成绩很好，但不爱理人，整天戴着一副黑边框眼镜——镜片非常厚，到了冬天总是喜欢围一条白围巾，无论走到哪儿，无论跟谁在一起，都会显露出一种鹤立鸡群的气场，可能正因为这些，所以他才常常给人造成一种居高临下的感觉。这就是当年我对赵磊的印象，相信这也是当年所有认识他的人对他的印象。

当年的情形说来话长，我尽量长话短说。是这样的，高三重新分班时，我和农伟、赵磊分在了同一个班。我们的班主任兼语文老师常胜友是从隔壁县调来的，他调来了，也把自己原来那一套调来了。开学第一天他就说，咱们班要成立个文学社，有兴趣的同学可以到赵磊那里报名。你想啊，在那个老师说了学生不敢不听的年代，有谁会不参加呢？结果全班八十多人有七十多人都报了名，我和赵磊当然也报了名。但农伟没有，还有十几个像他一样抱着破罐子破摔的同学也没有。

报完名，就开始选社长和副社长。社长不用说，肯定非赵磊莫属了——这一点从常老师让他组织报名就能看出来，所以社长选举也就变成了副社长选举。最后是我前桌的同桌聂瑾当选了。接下来，常老师又给文学社找了个办公室，也就是广播站旁边那个不足十平方米的小房间，他又在门口挂上了用铝皮剪成的“春蕾”二字，哦，春蕾，那是一个现在听起来很烂但是跟我们当时的文学水平非常贴近的名字。

文学社的活动，也就是采风写作文那一套。作为社长、副社长，赵磊和聂瑾每次都最忙，不但要安排采风，采风完还要催促大家写作文，再选出范文出墙报——整个高三期间，十四个毕业班只有我们班教室后面的那块黑板上挂着的不是“距离高考还有 200 天”“奋斗吧，成功终会属于你”或“拼一个春夏秋冬，换一生无怨无悔”那种口号。正因为这样，赵磊和聂瑾在一起的时间也就多了，我们经常看见他们一起走进那间办公室，又一起走出来，或者在教室后面那块黑板上一个写一个画的。

没多久，关于赵磊和聂瑾的风言风语就传开了。说他们俩好上了，借组织活动的名义经常在文学社那间小办公室里搞见不得人的勾当，各种说法都有。而接下来就发生了两件事，其一，先是文学社那间办公室的锁被撬了，不过并没丢什么东西——也没什么东西好丢的；其二，最新一期墙报出好之后，第二天就被擦掉了，教室后面的那块黑板上换成了一些这样的词语——傻蛋、蠢猪、癞蛤蟆、赵四眼……“赵四眼”是不少同学背地里给赵磊取的绰号，不用说，这个举动肯定就是针对他的。

结合同学举报和监控录像，常老师对这两件案子采取了并案侦查，最后侦查出来的结果是农伟干的。而他也对此供认不讳。他说他也想加入文学社，但找了赵磊好几次，后者一直不答应，所以他才出此下策！常老师又问赵磊，怎么不让农伟进文学社？赵磊说，之前通知报名时他不报，现在搞起来了他又要参加，那怎么行！弄清楚怎么回事之后，常老师并没有将农伟的行为上报给学校，而是这样处理的：农伟可以加入文学社，不过前提是必须要先赔一把锁，同时还要向赵磊公开道歉。

4

后来我才知道，农伟之所以这么做并不是真想加入文学社，而是因为他一直都把聂瑾当成自己的女朋友，而现在赵磊和她走得太近了。农伟把聂瑾当成女朋友，或者他把自己当成聂瑾的男朋友，后来我从不同的途径听说过，说早在读高二的时候他们俩就好上了——他经常帮她打水，陪她一起吃饭，晚上送她回家，给她又买这又买那的，还因为她跟别的男生打过架，有人甚至还说曾经亲眼见过农伟和聂瑾手牵着手在操场上散步，前者把降落在后者发际的一朵毛絮摘下来，吹到天上去。

而接下来，农伟和赵磊就把那场一直在黑暗中进行的拳击转移到了光天化日之下。加入文学社之后，只要有聂瑾参加的活动农伟就必定参加，更进一步说，只要有聂瑾和赵磊参加的活动农伟就必定参加，并在他们俩之间造成一种障碍。

不知道是日久生情还是要跟农伟对着干，这时赵磊也向聂瑾表达了那层意思。他的表达方式是写情诗，一天一首，他想踩着一首首情诗一步一步地走到她身边去，把她身边的农伟替换下来。每天，写完一首情诗，赵磊就把那张纸对折一下，在聂瑾不在的时候压在她书桌上。是的，这与其说是赵磊写给聂瑾的情诗，倒不如说是他写给同学们的一封封公开信，因为在聂瑾读到之前它就先被其他同学读过并广为传阅了。不过，赵磊对此并不在乎——或者说他就是要故意这么干，因为这就等于向大家宣告了他对聂瑾的态度，同时形成一股舆论，进而对农伟构成了威胁。

跟赵磊不一样，农伟从来不搞这一套——他也知道这一套搞不过赵磊，所以他的方式是下了夜自习之后一路送聂瑾回家去——她家就在县城。几乎每天晚上都是这样，下了夜自习，聂瑾前脚走出教室，农伟后脚就跟了出去，一路尾随着她下楼，走过校园，走出校门，走到大街，走进小巷。等聂瑾进了家门，农伟再返回，从我们宿舍楼旁边的那一圈铁栅栏翻过来回到宿舍——而那时候大门早已经关了。

时隔多年，时过境迁，现在我终于可以老老实实地承认了，如果在这里不说也许永远不会有人知道的，当时对聂瑾有那种意思的人里面包括但并不限于赵磊和农伟，因为至少还有我。

事实上，自从分到一个班之后我就注意到她了。如前所言，她是我前面那个人的同桌，我是她后面那个人的同桌，这是一段我随时都能看到她的距离，也是一段很容易让那个年龄的男女滋生出来某种浪漫想象的距离。

没多久，我就对她产生了那种说不清道不明的感觉——那当然不能称为爱情，不过当时我几乎可以确定那就是爱情。我的种种行为都可以表明那是爱情：见到她时我会慌乱地低下头去，却又经常会在人群中寻找她的身影；她有个做摘抄的笔记本，我也去买了个一模一样的；她课桌上那堆小山似的课本、试卷和习题集中夹着一本蓝色封皮的欧·亨利短篇小说集，我也去买了一本；她怀揣着一个写作的梦想——在一篇作文中她这么写过，而我也设定了一个同样的梦想……是的，我分不清自己是喜欢她还是喜欢她喜欢的那些东西，更分不清是因为她喜欢上了她喜欢的那些东西还是因为喜欢上了她喜欢的那些东西而喜欢上了她，在我看来，它们是同一种东西。

还应该承认的是，在农伟和赵磊明争暗斗的那段时间里，我比他们中间的任何一个都更难受，因为他们每个人都只有一个对手，而我却有两个——至少有两个。每天晚上，在被宿舍楼后面那条柏油马路上一辆接一辆的大货车弄得辗转反侧、夜不能寐之际，我就会想一想聂瑾，就会想一想她跟农伟和赵磊哪一个的关系更近一些，就会翻一翻她也经常捧读的那本《麦琪的礼物》，用手电筒照着看上几页，有时候我会觉得是自己在看那本书，而有时候我会觉得是和聂瑾一起在看那本书……

不过，随着高考的临近，我对她的感觉也就被升学的压力慢慢冲淡了，我们的“春蕾”文学社也在三天一小考、五天一大考中名存实亡了；而赵磊和农伟的明争暗斗，先是以前者的暂时胜出而结束，最终又以前者的淹死而永远结束了。再后来，大家就拍拍屁股各奔东西了，而我也就把聂瑾和对她的那段暗恋彻底留在了过去。

快到饭点时，农伟喊老头儿买了两个烧饼夹肉送过来。烧饼就是柴炉里烤出来的芝麻饼，肉就是我们当地的垛子羊肉。我有很多年没吃过这东西了，味道很好，还跟以前一个味。我又想起来聂瑾，我说，聂瑾怎么样了？你们还有联系吧？我记得那时候你还追过她呢！农伟正在给刚钓上来的那条鱼摘钩，因为吞钩太深，他把一片鱼鳃都扯了出来，弄得手上血淋淋的。农伟像个凶手一样举着两只手说，就那样吧，正常过日子呗，说完就把头别了过去，我注意到他神色间有点儿不大自然。

重新上饵抛出去，又点上一根烟，农伟才幽幽地问我，你真不知道？我说，什么？他说，那算了。我说，什么就算了，说说啊！他说，我和聂瑾的事！我说，你们能有什么事？他说，我们后来不是结婚了吗，毕业后回来不到一年就结婚了，接着就有了儿子……我想起他家墙上那幅结婚照，更准确说，是结婚照上的那个女人，她穿着一袭裙摆飞扬起来的白色婚纱，手捧一束玫瑰，依偎在他胸前做甜蜜状。

就在我努力地回忆着那个女人的相貌和更努力地回忆着聂瑾的相貌时，农伟又说，不过前几年离了，又找了后面这个！我说，怎么又离了？农伟叹了口气说，还不是男人都会犯的那点事儿。听他这么一说，也就不难想象他们之间发生了什么。他又像自我安慰地说，离了也好，对她好，对我也好！我说，孩子呢，跟你还是跟她？他说，跟她，房子也给了她，我是净身出户，也算对得起她了吧。他说得义愤填膺的，一副她占了他多大便宜的样子。我没说什么，也不知道该说些什么。那是我还未曾经历的内容，不过可以知道的是，这是相当一部分夫妻都要经历的。

我站起来，把很久都没动一下的浮漂拉出来，重新换了饵，又抛进去。又抛进去，浮漂就又像个定海神针似的定在了那里。阳光明媚，微风拂面，阳光和微风在浮漂周围制造出来的那一道接着一道的明亮细微的波纹，把我晃得恍恍惚惚的。

5

崇祯十五年九月九日，深夜，开封城外，在一片死气沉沉的军营中，一面灯火通明的大帐显得孤零零的。帐内，那个被射瞎了左眼的、胡子拉碴的、名唤李自成的大汉正在背着手来回踱步，他满面愁容、眉头紧锁，从那只不需要用布条勒起来的右眼里喷射出来一道道令人心惊胆战的寒光，不时朝帐外骂上几句，操他妈的！

帐外，守在门口的两个护卫一丝大气儿也不敢出。他们知道，这时候如果再惹闯王生气，那肯定不会有好果子吃。他们又想起白天那一幕，滚滚的黄河水直冲而来，农民军兄弟们移营不及，被冲走的冲走，被淹死的淹死，幸亏他们俩架着闯王跑得快才逃过一劫……直到现在，他们都还感到一阵阵后怕。其中一个护卫掐了掐自己的胳膊，疼！又掐了掐自己的大腿，也疼！疼就对了，疼说明自己还活着。

白天，他们又一次护卫着闯王去前线督战。从五月到现在，农民军兄弟们已经把开封城围困了四个多月之久，但是这种围城战术并没有他们想象中那么奏效。

现在城内早已经弹尽粮绝了，就连树皮和草根也被吃光了，每天饿死的百姓和士兵达三四百人；驻守城头的明军士兵也一个个面无人色、歪歪倒倒的。他们为什么还不出来投降？他们到底是靠什么支撑下去的？这两个护卫不明白了。同时他们也不明白，即使农民军兄弟们一天到晚叫骂“狗日的高名衡”“缩头乌龟高名衡”“高名衡，操你妈”之类的，高名衡也没率军出来跟他们决一死战。不过他们知道，这些人肯定蹦跶不了几天，等到他们奄奄一息之际，那就有好戏看了。

不过他们万万没想到，他们的闯王也万万没有想到，那个狗日的明军守将高名衡接下来竟然如此下作，竟然会来这么一手。下午，当他们陪着闯王去前线慰问时，高名衡悄悄派人扒开了朱家寨的堤坝，把奔涌而出的滚滚黄河水变成了他们的千军万马，直冲农民军兄弟们而来。回来后，各营检点，发现这一场“水仗”打下来损失惨重，竟有好几万农民军兄弟都被洪水冲走溺毙了，逃回来的还不到两万人。

现在，他们看见闯王停下脚步，望着那盏灯火发起呆来。他们想到去年，去年他们跟着闯王攻洛阳、杀福王，一切都势如破竹，怎么一到开封就攻不下了？更早之前，他们也跟着闯王两次攻打过这座北宋帝都，不过都失了手，第一次闯王还被射瞎了左眼，难道开封就这么难破？他们又想到闯王的那帮饭桶军师，他们中间竟然没一个人会想到用水攻，是啊，一进入九月就开始连降大雨，到现在已经下一个月了，黄河已经暴涨成了高出地面十几米的悬河，怎么就没想到用水攻呢？

夜越来越深，大帐内的灯火越来越亮。现在，他们看见闯王紧锁了一晚上的眉头终于舒展开来，他们好像已经猜到了闯王的心思，是的，闯王肯定也会效法高名衡那一手，派人去挖开马家口的堤坝用水攻打开封城，以其人之道还治其人之身。

第二天，他们护卫着闯王来到开封城外一处地势较高的位置。接着就有人前来禀报，说已经扒开了马家口的堤坝。他们看见闯王微微抬了抬眼皮，投射出来一种赞许的目光。而没过多久，他们就和闯王一起看见了一股股奔涌的黄河水，这些惊涛骇浪涌到开封城外，和昨天朱家寨堤坝决口的黄河水一起，将一座城都淹没在了汪洋中；很快，城内的积水就达到了数丈之深，仅有钟鼓楼和明宗藩周王府成了两座孤岛，水面上浮尸累累——全城的一百万人最后只有两万人幸存了下来。

到了晚上，他们俩又继续在闯王的大帐前一左一右站好。他们看到并闻到了闯王手里的那半只烧鸡，以及桌子一角的那盏浊酒，他们的闯王胃口大开，吃一口又喝一口，喝一口又吃一口……而他们俩不停地咽着口水，他们知道闯王今儿个真高兴，终于一雪前耻破了开封城，终于搬开了阻碍自己通往金銮殿的一块绊脚石。

吃饱了，喝足了，闯王就顺势歪倒在床榻上，沉沉睡去，发出一阵阵如雷的鼾声。而现在，他们两个护卫也都累了，抱着长矛打起盹儿，没多久也都睡着了。他们睡得很踏实，很香甜，甚至还都做了一个与父母妻儿团聚的美梦。他们无论如何也想不到，下午淹没了开封城的滚滚黄河水又一路东下，淹没了黄河南岸的广大地区，其中就有他们老家的县城，而睡梦中的全城百姓也都全部葬身于汪洋之中。

是的，几百年前淹没了全城和全城百姓的那片汪洋之水，现在也就成了我和农伟正在钓鱼的这片湖——事实上这也就是北海子的由来，当年常老师还专门给我们讲过这段历史。现在，盯着波光粼粼的水面，我产生了一种幻觉，觉得眼前的湖水就是昨天晚上奔涌而来的滚滚黄河水，我和农伟就是被冲过来的闯王帐前的那两个护卫。几百年的风云变幻好像只用一个晚上就完成了：昨天晚上我们还在抱着长矛为闯王站岗，而天一亮就置身在了今天，我们手里的长矛已经变成了鱼竿。

当年常老师还说，天气好的时候，站在楼顶就能看到湖底那座城池，有城墙，有炮台，有民居，有亭子，有楼阁，有街道，还有佛塔。有一段，我们经常跑到主教楼楼顶上，想从那片波光潋滟的湖水中发现点儿什么，但除了赵磊，其他人一次都没看到过。有一次，他言之凿凿地说看到了炮台，甚至炮台上的火炮。哪儿呢？我怎么没看见，就在赵磊给我们指点时农伟从后面溜过来扒着他的肩膀说。赵磊说，你当然看不见了，你是睁眼瞎！农伟一把摘掉他的眼镜说，就你能看见是吧，那现在呢，谁是睁眼瞎？农伟举着眼镜跑开了，赵磊只得像一只无头苍蝇般来回转圈。

现在回过头看，这件事情的神秘之处或许也就在这里，当年赵磊可能真的看到了水下的炮台和火炮，看到了那座已经被封存在水下几百年的城池，只有他看到了，所以后来也只有他沉到那儿去了。或许时至今日他还生活在那里，不，生活在几百年之前，已经成了那座水下之城的一名诗人，此时此刻他正在挥毫作诗，等作完诗，一推开窗户就能透过波光粼粼的水面看见我和农伟，看见我们手里的鱼竿。

6

傍晚收竿的时候，我和农伟都钓了不少。他问我，晚上怎么安排，找个地方喝点儿，再去放松放松？算了，我摆摆手说，我还要去买点东西！农伟说，什么东西那么当紧，明天再买一样的嘛！我说，不是东西当紧，是时间，明天再买就晚了！

他很理解地笑了笑，也就没再说什么了。是的，我并没有撒谎——虽然我完全可以这么做，我是真的要去买东西，给侄女买一件礼物，她正在读高三——就在我们当年就读的现在已搬到城郊的那个高中，今天是她的生日。我让农伟把我在十字街口放下来，那里是县城最繁华的地段，一纵一横两条街上都是商店。看着他那辆崭新的沃尔沃 XC90 慢慢开出去，消失在车水马龙之中，我才感觉到自在了许多。

现在疫情基本控制住了，街上又开始热闹起来，很多商店也重新开了门。不过，接下来把一条水口路从南到北逛完，我也没找到一家礼品店。我又拐上与水口路垂直的解放路，情况也差不多。后来，想着继续这么没头苍蝇般找下去也不是办法，我就上网搜了搜。结果显示，距离我最近的一家叫“麦琪的礼物”的礼品店就在解放路最西头，走过去不足三百米。“麦琪的礼物”，这个店名让我心里不由得一怔。

店里很冷清，我进来时只看见两个戴着口罩的女店员，一个正在柜台后面玩手机，另一个正在理货。正在理货的那个女店员迎过来，问我要买什么。随便看看！我说。我确实没想好买什么，一个几个月后就要高考的女生会需要什么呢？在那几排货架前转了几趟，最后我挑了一台磁悬浮地球仪，通上电就能悬起来一圈圈转动的那种。我侄女有一个非常高远的梦想，她想在几个月后能考到北京那所让人望而却步的美院去，从那儿毕业后再考到法国那所更让人望而却步的美院去，当然，对此我并不能帮上什么忙，只能用一台小小的地球仪帮她把那个高远的梦想确定下来。

我走到柜台前准备扫码结账时，刚才在玩手机的那个女店员走过来拦住了我，她上上下下打量了我一番说，你好，不好意思，能麻烦你把口罩摘一下吗？我不知道她什么意思，愣了一下说，怎么？她眉眼间笑了一下说，哦，我看你老半天了，觉得很像我的一个老同学。我把口罩取下来之后，她马上就喊出了我的名字，接着又把自己的口罩摘下来说，我呢，还认识我不？我看着有些面熟但一下子又想不起来是谁的她说，你好，你是？她笑了笑说，还没认出来吗？真是贵人多忘事啊！

我说，你该不会是聂瑾吧？我为没能及时认出她来感到很不好意思。她说，就是啊，怎么那么巧，竟然会在这里碰到你！我点点头说，太巧了！她变化挺大的，比以前胖了，也比以前矮了，不过我还是在她身上看到了一些过去属于她现在猛然一下子又跳出来的东西。她说，怎么，你不是在武汉吗？我说，这不是因为闹疫情吗，还没回去。她说，对了，你等我一下，接着就走进了柜台后面的那个小房间。

再出来时，她手里多了本蓝色封皮的书——隔老远我就注意到了，那是去年春天我花了三万多块钱自费出版的那本小说集，现在还有一千多本堆在我的出租房里呢。她说，难得见一面，给我签个名呗！我注意到书页中有不少折痕，有些段落还画了线。我说，看得还挺认真啊你！她说，那当然了，老同学的书嘛，我是去年在一个公众号里看到的，一看名字我就知道是你，没想到，老同学里还出了个作家呢！

这时候，一个胖乎乎的男孩子从柜台后面的房间里窜出来，冲她喊了一声妈，又问她，明天我要上网课，你下载了软件没？聂瑾说，下了，等会儿给你演示。她又喊住转身要进去的他，指着我说，这是林叔叔，林叔叔是个作家呢。不用说，这就是她跟农伟的儿子了，不过我没提起农伟，更没提起白天和他一起去钓鱼的事。

准备离开时，我又提出来要付账，不过聂瑾说什么也不让我扫。她把二维码标牌藏到身后说，别给了，算我送你的！我说，同学归同学，生意归生意，现在生意那么难做，不能让你白送！她摆摆手说，一个磁悬浮地球仪我还是能送得起的，接着她就把话题转到别处去了，问我最近在写什么，有没有什么新的写作方向之类。

我注意到一侧的货架上也贴着付款二维码。就在我要扫码时，聂瑾也明白了我的意图，连忙冲过来想用身子把二维码挡住。不过，因为脚下一滑，她一下子跌坐在地上——从右边那条裤管里露出来一根铁黑色的假肢。我把她搀扶起来说，没事吧？聂瑾说，我没事，没吓到你吧？我说，没有！她说，前几年出了场车祸，截肢后装了假肢，不过没事了，现在跟正常人没什么两样，你看，她表演式地在我面前走了几步。她又问我这些年的情况，有没有结婚，有没有女朋友，以及接下来准备写什么，之类的。不过我老是想到她那条右腿，那截看上去空空荡荡的裤管。

临走的时候，我又提出来要付账。聂瑾装作一脸不高兴地说，再提钱我就生气了！我只好说，那好吧，以后再出了新书我给你寄过来。我又想起来那小半桶鱼，我说，今天去钓了些鱼，送给你吧！她看了一眼说，那么多，都是你钓的？我点点头说，下午在北海子钓的。她笑笑说，这么多野生鱼，算下来我还占了你的便宜呢！

她又出来送我，说有时间了再来聚聚。我都走出去几十米远了，一回头，看见她还在店门口站着，手里还捏着我那本书。我又朝她挥了挥手，她也朝我挥了挥手，然后才推门进去了。现在夕阳快要落下去了，它就嵌在街尾的那两栋小高层之间，壮观，辉煌，正在散发着一天中最后的光线，给一整条街都镀上了一层金质光泽，我所看见的每一辆车、每一个人、每一处角落也都被镀上了一层金质光泽。

走了几步，我又回过头来看了一眼，现在聂瑾已经不在那儿了，店门前空空荡荡的。“麦琪的礼物”，我看见她店门上面那五个卡通体的汉字也在夕阳的返照之下一闪一闪的。是的，身为一个作家——如果可以这么说的话，我无论如何也不会想到，像我这么一个沦落到要自费出书的作家在老家竟还能遇到一个读者，一个聂瑾这样的读者；同时我也没有想到，多年之后她还会再一次出现在我面前——就像她当年出现在我面前时一样。而聂瑾，她肯定不会知道她当年的出现对我来说意味着什么，现在的出现对我来说又意味着什么。是的，她不知道，一点儿也不知道。

后　记

身为一个作家，尤其是近年来身为一个小说作家，我在各种场合经常会被问到这样一个问题——你怎么有那么多东西可写？或者：写那么多不会写完吗？每到这个时候，我总会把弗兰纳里·奥康纳请出来，事实上，这个因为红斑狼疮而只活到三十九岁的女作家早就回答过这个问题，任何活过童年阶段的人都拥有了足够多的生活素材。

是的，跟奥康纳一样，我也从没有产生过缺少写作素材的危机，从没有绞尽脑汁、搜肠刮肚地去想过那些所谓的素材，更没有某些作家这样那样的档案卡片，或者一个搜集了各种素材和要点的笔记本。事实上，对我来说这似乎是一个非常简单的过程，在我写到什么人、什么地方、什么事情的时候，就有东西冒了出来，只需要把冒出来的东西敲出来变成字。你看，我并不是一个有着多么丰富经历和阅历的人，也并没有去寻找什么，是它们自己冒了出来，这一处那一处的，遍地开花。

有足够的理由相信，是我经历的那些过去填充了我，塑造了我，成为了我的一部分；更重要的是，直到现在它们还在作为现在的我的一部分影响着我——过去也是一种现在。这是一个事实，虽然很多时候我并不总能清醒地意识到这个事实。

如果这还不足以说明问题，那我还可以再举一个更极端的例子：昨天和今天，又或者今天和明天。昨天你失恋了，那么今天你必然就会沉浸在失恋的那种伤感之中；今天你恋爱了，那么明天你就必然会置身于恋爱的那种喜悦之中。把昨天和今天、今天和明天之间的时间拉长，再拉长，你就会明白过去其实并不更遥远，甚至并不比昨天和明天这种紧邻的时刻更遥远——我是说它的作用力并不更遥远。

是的，有很多东西你确实忘记了，再也想不起来了。我想说的不是那些，那些你已经忘记的是早就应该忘记的，但是，总有一些是你不会忘记的，它们在时间的那一头闪闪发光，越来越亮，直至成为你浑浊眼前的一块耀眼的光斑；它们比你现在正在经历的那些东西更加如影随形地跟随着你。这或许要归于记忆的擦拭之功。

你生活在现在，生活在你所经历着的时间的末端，但与此同时你也生活在你所经历过的时间的初端和中端,在某些时刻,总会有一个或多个过去的你跳出来，向现在的你申冤、告白，乞求你把它释放出来。把那个自己从过去中释放出来是困难的,困难在于，你是更接受过去的那个自己还是现在的这个自己。是的，他们当然是同一个人，但又不是同一个人，故我与今我永远都在进行着一场角力。你是运动员，同时又是裁判，同时还是观众，你并不能轻易就确定自己会站在哪一方。

浪漫一点儿或许还可以这么说，每个人都是一只风筝，那根线永远牵在过去的那些自己手上。就我而言，很多时候我都可以清晰地感受到这一点，我的每一个现在里都残留着我的某一个过去，它们叠合在一起、混杂在一起，如果可以量化的话,我想我轻而易举就能把它们放到脑中天平上称出来孰多孰少,精确到克——不，毫克。

尽管写作之前并未做过规划，不过现在回过头来看，《灯光球场》这个集子里的九篇小说仍充满了某种内在的一致性,它们都旨归于同一个方向：过去和现在，过去的我和现在的我。我无意于告知读者小说中到底哪些是真的哪些是假的，哪些是在我身上真实发生的而哪些是在我脑海里发生的，我只想说明一点，那就是——一个过去的我在现在的我身上是永远苏醒着的，或者说是时时刻刻苏醒着的。幸运的是，我记录下了那个苏醒，无论它发生我身上还是小说中的哪一个人物身上。

现在我想说说那一年，很多年前的一年，当时我还在那个离家千里之遥的南方山水小城工作。那一年回家过春节，我住在老家那栋老房子里，老房子的最右边是一间耳房，原来它曾经专属于我哥，在他去读大学之后又专属于我。在那个房间里，我秘密而热情地干过一些直到今天想起来还觉得像是发生在昨天的事情——把马达从随身听上卸下来想把它改装成飞机模型的发动机，写下一封又一封滚烫的信然后按照杂志角落里的地址寄给那些遥远的异性笔友，后来是在一张又一张稿纸上写下自以为是的小说……那个时候，门把我关在里面，把整个世界都关在了外面。

那间房子早已被弃置不用，里面堆满了农具和各种破烂，床头还挂着我曾经贴上去的明星海报，墙壁上是我用蓝颜色粉笔或者毛笔写上去的格言，一缕从窗户斜穿进来的阳光正好将它们打亮。那扇窗户还是以前的窗户，那扇门还是以前的门，那个门把手也还是以前的门把手，铁质的，上面已经布满了灰黄色的斑斑锈迹，我走过去，拧了拧，门开了。有那么一瞬间，我感觉到现在的我和过去的我一起打开了那扇门，但是接下来，我不知道是现在的我走进去了，还是过去的那个我走出来了……

我想说的是，写小说有时也接近于一种与此非常类似的经历，有时候是现在的你走进了过去，有时候是过去的你走进了现在，而有时候是过去和现在从你身上同时浮现了出来，它们让你知道故我和今我并非遥不可及的两端，而是贴合得如此之近。你曾经所以为的千山万水，其实只不过是转个身去就能一眼撞见的迎面而来。